육퇴한 밤, 혼자 보는 영화

육퇴한 밤, 혼자 보는 영화

아이 키우다 현타 온 엄마를 위한 대사들

ⓒ 천준아 2022

1판 1쇄 발행 2022년 1월 11일

지은이 천준아
펴낸이 김송은
편집 김여름
디자인 송윤형

펴낸곳 송송책방
출판등록 2011년 5월 23일 제2018-000243호
주소 (06317) 서울시 강남구 언주로 110, 경남2차상가 203호
전화 070-4204-7572
팩스 02-6935-1910
전자우편 songsongbooks@gmail.com

ISBN 979-11-90569-40-8 03810

육퇴한 밤, 혼자 보는 영화

아이 키우다 현타 온 엄마를 위한 대사들

천준아 지음

송송책방

일러두기

-영화 소개 프로그램 작가인 저자의 글맛을 살리기 위하여
 유행어, 줄임말 등을 그대로 살려 실었습니다.
-인용된 영화 대사 가운데 일부는 상황에 따라 의역했습니다.
-부득이하게 영화의 스포일러가 포함되어 있습니다.

가장 완벽한 계획이 뭔지 알아?
무계획이야

지금의 나를 만든 건 8할이 덕질이었다!

때마다 영혼을 갈아 넣으며 남자사람들에게 덕통사고를 당했고, 나는 금사빠의 길을 걸었다. 한번 빠지면 완전히 젖는다며, 절친은 '침례교 스타일'이라고 나를 놀려댔다. 물속에 몸을 퐁당 담그는 침례교 세례 의식과 똑같다고 말이다. 나는 일단 꽂히면 무작정 과한 짝사랑부터 하고 본다. 그러면 재미있는 일들이 수순처럼 따라왔다.

첫 번째는 가수 '김건모'

김건모 광팬이었던 나는 그에게 각인되고 싶어서 '천연덕'이라는 예명으로 팬질을 시작했다. 방과 후엔 문래동 그의 집 앞을 서성대다가 김건모의 모친 '김선미' 여사도 만났고, 예술의 전당 근처 소속사 사무실 앞에서 죽순이로 살았다. 같은 소속사 가수였던 '신승훈'과 '노이즈'도 만났는데, 그들도 "천연덕이 너구나!" 할 정도였다. 콘서트가 있는 날엔 일찍 가서 자리를 잡아야 했으므로, 오래전 돌아가신 할머니와 할아버지를 재차 저승으로 보내드리며 조퇴를 했다. 그가 게스트로 출연한 라디오, 이문세의 '별밤 뽐내기 대회'에도 나갔다. 하지만 늘 먼발치에서 보는 걸로는 성이 안 차 고2때 진로를 정했다. '철이 없었죠, 김건모를 좋아해서 방송국에 입사하겠다는 자체가.' 그렇게 김건모 광팬 하다 방송작가가 되었다.

두 번째는 소설가 '박민규'

김영하 작가는 뭔가 뺏어올 수 있다면 놀랍도록 새로운 박민규의 문장을 가져오고 싶다고 말한 바 있다. 박민규의 소설은 진짜 그랬다. 문장도 그랬지만 박민규라는 사람도 놀랍도록 새로웠다. 한번은 강연 후 무작정 밥 사달라고 졸랐는데 흔쾌히 밥도 사주고 술도 사주었다. 언젠가 그가 결성할 거라고 말했던 밴드에서 같이 연주하고 싶어서 베이스 기타도 배우고 있노라 말했더니, 박민규는 단호박으로 "각자 합시다!" 했다. 그런 철벽도 좋았다. 『죽은 왕녀를 위한 파반느』를 연재할 당시엔, 소설 속 중요 공간인 'HOPE'를 보고 일본담배 'HOPE'를 선물로 보냈다. 박민규는 극성팬의 애정공세에 연재중인 소설 속 인물 '요한'이 피우는 담배를 기꺼이 'HOPE'로 설정해 주었다.

세 번째는 야구선수 '김동주'

베어스의 두목곰이자 영원한 4번 타자! 그를 보기 위해 잠실야구장에서 살았다. "야구 몰라요~"고故 하일성 해설위원의 이 명언을 곧이곧대로 들을 만큼 뼛속까지 '야알못'이었던 나는 김동주에 미쳐 어느새 야구광이 되었다. 야구하는 시즌은 조증이 되었다가 비시즌엔 울증이 될 정도로, 내게 야구는 인생이요, 철학이었다! 2009년엔 WBC 한일전을 보러 기어이 도쿄돔까지 '출첵'했다. 당시 TV 프로그램 작가였던 나는 '야구에 도른자'라는 원서호 아나운서의 강력 추천으로, 그 어렵다는 TV에서 라디오로 매체를 점프하고, 국내 최고 메이저리그 해설위원인 '송재우'의 라디오 프로그램 작가가 되었다.

네 번째는 '한방이 애비'

스물두 살에 만나 1년여간 나 혼자 짝사랑을 했다. 매일 삐삐의 연결음을 남몰래 듣고 끊고, 심지어 매일 쓰는 일기를 한방이

애비에게 보내는 편지체 형식으로 썼을 정도다. 스물여덟, 아이러브스쿨이라는 친구찾기 사이트를 통해 그를 찾아냈고, 그 후 10년이 지나 결국 결혼에 골인, 그야말로 성덕 인증!

다섯 번째는 '한방이'
네 번째 남자와 합작해 만들어 낸 생명체! 이 남자를 향한 덕질은 쉽게 끝날 것 같지가 않다.
태어난 후 100일 동안은 매일 폴라로이드로 사진을 찍어 한방이의 '처음'을 기록했다. 그리고 한방이가 세 살 되던 해부터는 매년 의미 있는 가족사진 한 장을 일러스트 작가에게 의뢰해 그림으로 기록하는 프로젝트를 진행 중이다. 이 책도 한방이 덕질로 만들어졌다.

방송작가로 20년 넘게 일하면서 숱한 프로그램을 거쳤지만 우연한 기회에 영화정보 프로그램과 인연이 됐다. 좋아하는 영화를 보면서 돈도 벌고, 좋았다! SBS 〈접속 무비월드〉, KBS 〈영화가 좋다〉, MBC 〈출발! 비디오 여행〉까지 공중파 3사 영화정보 프로그램을 모두 거쳤다. 그렇다! 나는 공중파 3개 방송사 그랜드슬램을 달성한 유일한(!) 작가다. 모두 했다는 작가를 아직까지 만난 적 없으니 일단 유일하다고 우기겠다. 이건 사실 누구도 알아주지 않지만 나 혼자 자뻑하는 이력이다. 그 외에도 케

이블이나 IPTV 영화 정보 프로그램들까지 하다 보니 내 취향
과는 무관하게 이런 저런 영화를 참 많이 봤다.

    -야. 사람이 10년 동안 한 우물만 파면 어떻게 되는 줄 아
      냐?
    -그 분야의 최고가 된다고요?
    -아니, 소재가 바닥난다고~

영화 〈레드 카펫〉에 나오는 대사다. 영화정보 프로그램을 오래
하면서 최고는 되지 못했다. 하지만 다행히 영화라는 소재는 바
닥나지 않았고, 끊임없이 뭔가를 던져 주었다. 영화 속 대사들
이 의미 있게 다가온 것도 한방이 때문이다. 주로 엄마로서 부
족한 나를 저격하는 대사들이 많았다. 그러다 영화 속 좋은 대
사들을 아카이빙해 볼까 생각한 게 시작이었다. 아이를 키우는
엄마의 입장에서 나에게 감동이나 영감을 준 대사들, 혹은 아이
가 불시에 던진 질문에 어버버 하는 대신 뭔가 그럴싸한 대답이
되는 대사들을 모으면 좋겠다고 말이다. 육아라는 망망대해에
서 희미한 깜빡임을 찾는 기분이랄까. 자주 막히고 답답한 나날
들에 현명하고 선명한 이정표 같은 대사들이 도움이 되겠다 싶
었다.

아, 내가 무슨 부귀영화를 보겠다고 애 키우는데 이렇게까지 공을 쏟아야 하나… 어쨌거나 부귀는 아니더라도, 좋은 영화들은 많이 보게 되었다. 에라, 모으는 김에 나 같은 엄마나 아빠들을 위해 책을 써볼까? 역시 인생은 계획한 대로 되는 것보다 '어쩌다 보니' 쪽이 우세한 것 같다. 역시 영화 〈기생충〉 대사처럼 무계획이 완벽한 계획이었어.

내가 지금부터 하는 얘기에 심오한 것은 1도 없음을 미리 알려드린다. 아마 영화를 보는 나의 안목은 영화를 즐기는 당신과 크게 다르지 않을 것이다. 어쩌면 그보다 못한 수준일지도 모른다. 나는 영화 전문 기자도 아니요, 영화 평론가도 아니므로 영화를 나노 단위로 볼 수 없고, 영화의 역사나 장르, 감독 내지 작가, 혹은 촬영 및 편집에 대한 분석도 일절 없다.

다만, 결혼해 '갑자기 분위기 엄마'로 살고 있는 나와 당신의 삶이 크게 다르지 않다면, 내게 감흥을 준 영화 속 대사들이 당신에게도 조금의 위안과 의미를 줄 수 있지 않을까 싶다. 정답이 아니고 질문에 가깝다면 좋겠다. 마침표보다는 물음표가 되어 집요하게 꼬치꼬치 묻는다면 좋겠다. 부디 그런 대사가 하나라도 있길 바란다.

2부 '육아'의 '아'는 아이兒가 아니라 나我!

3부 부모 선택권이 있다면 너는 내게 왔을까?

4부 자기만의 시간을 자기 속도로 통과하는 아이

5부 '내새끼주의'를 넘어서

1부

미래에서 온 아이

"내가 미래의 엄마 같아 보여요?"

과속스캔들로 한방에 온 아이

2013년은 한방이 있는 해였다. 4월 결혼 → 9월 출산 → 12월 백일잔치. 어? 뭐지? 결혼식과 출산일 사이가 지나치게 짧은데? 그렇다! 결혼식 때 남편과 단둘이 입장한 게 아니다. 이미 배 안에 5개월 된 꼬맹이가 있었다. 정말 간절히 원해서 우주의 기운이 도와 준다면 모를까, 제아무리 준비성이 철저하고 기획력이 뛰어난들 1년을 결혼부터 출산, 그리고 백일잔치까지 한방에 연출하기는 쉽지 않을 것이다. 그래서 배 안 꼬맹이의 태명은 '한방이'가 되었다.

우리는 때때로 자신이 잘하는 장기를 애먼 순간에 발견하게 되는데 내겐 임신과 출산이 그랬다. 저 사람은 공부머리를 타고 났네, 저 사람은 운동 신경을 타고 났네 하듯이 나는 자궁을 타고 났고 특화된 임신 체질이었던 것이다. 다만 서른여덟에 알게 되어 통탄을 금할 길 없다. 이런 개인기를 좀 더 일찍 알았더라면 인구절벽으로 치닫고 있는 대한민국에 크게 기여하고 다산 정약용보다 더 유명한 다산 천준아, 한국의 국모쯤으로 불리지 않았겠나.

어쨌거나 인생에서 가장 행복한 시기를 꼽는다면 임신한 열 달을 꼽겠다. 입덧도 없었다. 한밤중에 제철 아닌 과일이 생각나 남편을 시험에 들게 하지도 않았다. 임신 전과 똑같은 식욕에 머리만 대면 자는 습관도 여전했다. 당시 KBS 〈영화가 좋다〉 작가를 하고 있었는데 팀장은 임신했다고 그나마 일주일에 하루 나가는 출근도 빼주었다. 그야말로 온 우주가 '한방이'의 탄생을 열렬히 응원하고 있는 형국이었다.

이쯤 되면 '한방이'는 장차 대한민국의 위기, 나아가 전 지구적 위기에서 인류를 구원할 사명쯤은 갖고 태어나야 앞뒤가 맞는 게 아닐까. 그렇다면 나는 한국판 '사라 코너'가 될지도 모른다.

사라 코너(린다 해밀턴)

1984년 LA 거주
패밀리 식당 종업원
하룻밤 정사로 미래 인간의 아이를 잉태한
속전속결 자궁의 소유자
장차 인류를 구원할 '존 코너'의 어머니이자,
'존 코너'를 보좌하는 군인 '카일 리스'를 남편으로 둔,
애비와 아들의 족보를 꼬이게 만든 장본인

때는 1984년, LA에 살고 있는 사라 코너. 그녀는 패밀리 식당 종업원이다. 얼마나 근무했는지 알 수 없지만 식당 종업원을 하기엔 여러모로 어리바리하다. 지각은 물론, 서빙할 때 테이블 번호도 헷갈리고, 손님 컵의 음료수를 쏟는 등 적성 아닌 곳에서 여러 사람 힘들게 하는 스타일이다. 그런데 TV 뉴스 속보에서 자신과 동일한 이름을 가진 여성들이 연이어 살해되는 사건을 보게 된다. '사라 코너'만 골라 죽이는 연쇄살인범은 43년 뒤 미래, 2027년에서 온 기계인간 터미네이터다. 그가 사라 코너를 찾는 이유는 이렇다.

스스로 사고할 수 있는 알파고 능력을 탑재한 인공지능 컴퓨터들이 1997년 핵전쟁을 일으키자 인류는 길고 긴 기계와의 전쟁에 돌입한다. 그때 놀라운 리더십과 전술을 앞세운 존 코너라는 인물이 등장하는데 그는 인간을 이끌고 기계와 싸운다. 존 코너의 등장으로 위태로워진 기계들은 아예 43년 전 과거로 돌아가 존 코너의 싹을 자르기로 한다. 그를 낳은 엄마, 사라 코너 제거작전은 그렇게 시작된 것이다.

뭐가 어째? 기계들이 터미네이터를 과거로 보냈다고? 어쩌면 자신의 존재 자체가 사라질지 모를 절체절명의 위기에서 존 코너는 자신의 충직한 부하, 카일 리스를 과거로 보낸다. 그런데

이런 하극상이 있나. 그 부하가 엄마랑 정을 통해 자신을 낳게
될 거라고는 꿈에도 몰랐겠지. 아버지를 아버지라 부르지 못하
고, 아버지라 쓰고 부하라 읽는 상황이 벌어지고 만 것이다. 어
쨌거나 카일 리스는 목숨을 걸고 사라 코너를 지키느라 터미네
이터와 싸우게 된다. 미래에서 왔고 어쩌고저쩌고는 일단 그렇
다 쳐도, 이 상황이 납득 가지 않는 그녀는 어리둥절할 수밖에.

사라 코너   왜 나죠? 원하는 게 뭐죠?

카일 리스   우린 거의 전멸해 가고 있었어요. 그런데 한 남자가 유선
            을 끊고 싸우라고 가르쳐 줬죠. 금속 덩어릴 고철로 부숴
            버리라고. 벼랑 끝에서 우릴 구해 낸 거예요.
            코너라는 자였죠. 존 코너! **아직 낳지 않은 당신의 아들!**

사라 코너   정말 제대로 찾아온 건가요?
            봐요! 내가 미래의 엄마같이 보여요?
            강해 보여요? 난 수표 정리도 제대로 못 한다고요.
            난 이런 영예 원치 않아요. 필요 없어. 전부 다!

카일 리스   당신 아들이 전해 달랬죠. 암기 시켰어요.
            "암흑기에 당신이 보여준 용기에 감사드려요.

미래가 불확실하다는 말밖에 할 수가 없네요. 엄마는 훨씬 강한 사람이죠. 엄마가 살아남아야 제가 존재해요."

한방이가 다섯 살이 되던 해, 유치원 등원버스에 올라타던 아이의 뒷모습을 보면서 느닷없이 사라 코너 생각이 났다. 나는 서른여덟에 아이를 낳았으니 아이와 나의 시간적 간극은 거의 40년이다. 40년 후 '존 코너'가 될 아이가 내 아이일 수도 있다는 생각이 퍼뜩 든 것이다. 물론 인류를 구할 대단한 인물이 될 거라는 얘기가 아니다. 무한한 가능성을 가진 미래에서 온 아이라는 얘기다.

그래, 먼 미래에서 누군가 내게 찾아와 "당신 아들은 미래에 아주 소중한 사람이 될 겁니다! 잘 키워 주세요!"라고 당부를 했다 치자. 왜 하필 나인가? 운명의 신이 있다면 그는 뭘 믿고 이아이의 엄마를 나로 정한 것일까.

나는 사라 코너를 탓할 자격이 없다. 특히 부엌 상식 쪽이 많이 약한데, 플라스틱 물통에 뜨거운 물을 부어서 물통을 찌그러뜨리는 건 예사고, 빵에 찍어 먹거나 샐러드에 뿌려먹는 엑스트라버진 올리브유를 식용유처럼 사용하다가 혼났다. 끓는점이 낮아서 불이 날 수도 있단다. 게다가 마요네즈가 주재료인 타르타

르소스를 냉동 보관했다가 망신만 당했다. 소스가 층층이 분해된 걸 목격하고 소스판매자에게 문의했더니 지방성분을 냉동하는 사람이 어디 있느냐고 혀를 내둘렀다.

사라 코너 말처럼 미래의 엄마로서 자질이 없는 내게 온 아이. 그런데 나는 툭하면 아이에게 이것도 못 하냐고 비난하고, 다른 아이는 이렇던데 저렇던데 비교하면서 이따위로 아이를 키우고 있구나. 그날 이후 나는 종종 '사라 코너'를 만난다. 아이에게 함부로 하고 있는 나를 마주할 때마다. 미래에서 온 아이. 내가 살아온 세상과는 다른 세상에서 살게 될 사람. 내가 죽은 후에도 지구라는 별의 시간을 통과할 사람.

이 영화의 마지막 장면을 좋아한다. 황량한 고속도로 주유소에 정차하는 지프차 한 대. 사라 코너가 한 손으로는 운전대를, 다른 한 손으로는 커다란 카세트를 들고 녹음을 하고 있다. 어느새 배가 불룩한 만삭이 된 그녀는 미래의 아들에게 자신이 처한 상황을 얘기한다. "뭘 말해야 할지 판단하기가 어렵구나. 이다음에 크면 내 말을 이해하게 될 거야."라고 조심스럽게 운을 떼는 그녀. 조수석에는 당연한 듯 총 한 자루가 놓여 있다. 뭣 하나 제대로 하는 것 없이 어리숙하고 겁이 많은 여자는 미래의 아이를 위해 기꺼이 투사가 되기로 결심한 모양이다. 그녀가 향하는 길의 끝에서 폭풍우가 몰려오는지 하늘이 시꺼멓다. 그때 주유소 남자가 폭풍우가 오고 있다고 말을 건네자, 가야 할 길을 바라보며 그녀는 말한다. "알고 있어요." 우리는 때때로 잊는다. 미래에서 온 아이를 온전히 키우는 것이 폭풍우 속을 뚫고 가는 용기가 필요한 일임을.

씬의 한 수

터미네이터는 울끈불끈 근육맨 '아놀드 슈워제네거'가 맡았다. 당시 그는 러시아에서 미국으로 건너온 지 얼마 되지 않았기 때문에 영어 발음이 그야말로 장난이었단다. 해서 감독은 터미네이터의 대사를 대폭 줄였다고 하는데 대신 그가 가진 장기만큼은 유감없이 발휘하게 한다. 미래에서 과거로 오는 타임머신은 옷을 걸치고 타면 안 되는 것인지, 그는 과거에 도착할 때 실오라기 하나 없는 알몸으로 뚝 떨어진다. 어머나! 그렇다! 아놀드 슈워제네거가 지구에 있는 중2병 사춘기 녀석들과 맞장을 뜨는 장면에서 아놀드도 성이 났지만, 어흥! 그것도 성이 났다! 무엇을 기대하든 상상 이상이다. 물론 나는 스토리를 따라 가느라 돌려보진 않았다.

"세상에서 가장 신성한 것은 불완전한 남녀의 결합이다"

15년 돌고 돌아 너는 내 운명

사람들은 '인연'이나 '운명'이라는 단어로 자신들의 사랑을 신화화하기를 좋아한다. 그저 '우연'이었을 얘기를 전설이나 민담쯤으로 만들어서 뭘 어쩌자는 거지? 어린 시절 나는 그게 매우 못마땅했다. 그러다 서른여덟에 구사일생으로 한 남자에게 구제되다 보니 "어머! 이건 운명이었어!"로 포장하게 되더라. '구제'라는 단어를 쓴 것은 내 주변인들 반응 때문이다. 다스베이더*는 결혼식장에서 내 손을 그 남자에게 토스하면서 미안해서였는지 갑자기 남자를 업어 줬고, 마이애미**와 시스터는 그 남자를 평생의 은인으로 생각하는 데다, 내 절친은 남자에게 'A/S 안 되고 반품도 금지!'라고 못을 박았다. 거의 해질녘 시장통 떨이 느낌.

남자, 그러니까 한방이 아버지와의 만남부터 결혼에 이르는 대서사시는 장장 15년에 걸친 인간 승리의 결실이다. 그 질기고 질긴 인연에서 한방이가 태어났으니, '응답했다! 1997!' 쯤으로 명명할 수 있겠다. 나는 이 이야기를 라디오에 사연으로 보내 선물도 두둑하게 챙겨 받은 바 있다. 자, 지금부터 라디오 DJ로 빙의해서 다음의 풀 스토리를 읽어보자.

안녕하세요. 40대 주부입니다. 현재 저랑 같이 살고 있는 남편을 알게 된 건 1997년, 대학 연합모임에서였어요. 서글서글하고 훈훈한 외모에 (그때는 머리카락이 온전했다) 조곤조곤한 말투, 그리고 가끔씩 던지는 위트 있고 유머러스한 한마디 때문에 여학생들 사이에서도 인기가 많았죠. 게다가 공사판 막노동은 물론

---

*   일명 '내가 니 애비다!'(아임 유어 파더!) 라는 〈스타워즈〉 속 다스베이더 대사를 빌려, 나는 친정아빠를 '다스베이더'라 칭해 왔다.

**   엄마를 '마이애미'로 칭하는 이유는 언젠가 마이애미도 가보고 싶은 중의적인 저만의 유희랍니다.

이고 도배 등 아르바이트를 가리지 않고 하면서 학비며 용돈을 스스로 번다고 하더군요. 그래서 스무 살 이후 단 한 번도 부모님께 손을 벌린 적이 없다고 말하는데 너무나 믿음직스러웠습니다. 어떻게 그런 남자애를 좋아하지 않을 수가 있겠어요? 저는 남몰래 1년 동안 속앓이를 했습니다. 매일 저녁 남자애의 삐삐* 연결음을 몰래 듣고 끊는 게 전부였어요.

그러다 저도 대학을 졸업하고 그 남자애도 군대를 가게 되면서 그 후로 연락할 방도가 없더라고요. 그렇게 몇년의 시간이 흘렀을 때, '아이러브스쿨'**이 한창 유행이었죠. 제가 제일 먼저 찾은 사람은 당연히 그 남자애였습니다. "혹시, 나 기억하니?" 메시지를 보냈더니, 다행히 기억한다고 하더라고요. 우리는 신촌 홍익문고 앞에서 만나기로 약속했어요. 단둘이 만나는 첫 데이트나 다름없었죠. 하지만 너무나 설렜던 첫 데이트는 날카로운 추억만 남겼습니다.

---

*   삐삐는 휴대용 무선호출기 또는 무선호출 단말기 중 하나다. 삐삐라는 명칭은 기기의 호출 알림 소리에서 유래했다. 삐삐에 새겨진 전화번호를 확인하기 위해 사람들이 공중전화 부스에 길게 줄서는 건 90년대의 일상이었다.("삐삐"〈네이버 지식백과 대중문화사전〉(접속일 2021.7.22)참고)

**   인터넷에서 학교 동문을 찾아주는 사이트다. 아이러브스쿨(http://www.iloveschool.co.kr)은 초등학교에서 대학교까지 '옛 추억'을 함께 했던 학교 친구와 선후배를 찾아준다.("아이러브스쿨"〈매일경제〉,〈네이버 지식백과〉(접속일 2021.7.22)에서 재인용)

그 남자애는 한마디로 싸가지가 없더라고요. 매너는 집에 놓고 왔는지 카페에 들어가는데 문을 열고 자기만 휙 들어가 버렸죠. 눈앞에서 쾅 닫힌 문을 열고 남자애를 따라 카페에 들어가 앉았습니다. 억지로 끌려온 사람마냥 시종일관 무표정에 단답형 대답을 하는 그를 보자 '아, 얘는 나한테 별로 관심이 없고 그저 예의상 나왔구나!' 싶었고, 오랜 기다림은 그렇게 실망만 남기고 끝났어요.

또다시 몇년의 세월이 흘렀고 저는 우연히 이사 준비를 하던 중, 수첩에서 그 남자애의 연락처를 발견하게 됐죠. 문득 서른세 살이 된 그는 어떻게 살고 있나 궁금해서 문자를 보냈습니다. 오랜만이라는 안부를 주고받고 인사동에서 만나기로 했죠. 그런데, 나이를 어디로 먹었는지 5년 전과 똑같더라고요. 이번에도 먼저 카페 문을 열고 자기만 쏙 들어가더군요. 또다시 눈앞에서 쾅 닫힌 문을 열고 들어서면서 아차 싶었어요. 마주 앉아 무표정한 얼굴로 툭툭 단답형 대답을 던지는 그를 보면서 '아니 이럴 거면 뭣 하러 나온 거야? 다시는 연락하지 말아야지' 굳은 다짐을 하고 헤어졌어요.

그리고 4년이 흘러, 저는 소위 서른일곱의 노처녀가 되었습니다. 그런데 뜻밖에 그 남자애에게서 먼저 연락이 왔어요. 그 남자애도 아직 결혼을 안 한 모양이었습니다. 당연하죠. 그런 매너무식자가 연애를 잘할 리가요. 다시는 안 보겠다는 다짐이 무색하게 약속장소로 갔습니다. 암요 암요 짐작하신 대로 그 남자애는 카페 문을 벌컥 열고는 또 자기 혼자만 휙 들어가더군요. 그런데 그 순간 저는 웃음이 팍 터졌습니다. 예상했던 일이라 그랬을까요? 포기했던 부분이라 그랬을까요? 아니면 제가 나이를 먹어서 그랬을까요?

여전히 멀뚱멀뚱 무뚝뚝한 표정으로 앉아 있는 남자애를 보며 선천적으로 오지랖을 타고난 제가 메뉴도 주문하고 대화를 이끌었죠. 그러면서 그간 제 맘을 닫히게 만들었던 문제의 카페 문 이야기를 꺼냈습니다. 남자애는 크게 당황하며 미처 몰랐다고 앞으로 고치겠다고 하더군요. 그렇다면 기껏 마주 앉아 왜 무표정하게 있었느냐고 하니 부끄럽고 어떻게 해야 할지 몰라서 그랬다는 겁니다. 그리하여 스물두 살 때 처음 만났지만 서른일곱이 되어서야 그 남자애와 저는 연애를 시작했고, 이듬해 결혼을 했습니다. 〈응답하라! 1997〉이 진짜 응답한 셈이죠.

세상의 모든 인연을 맺고 끊는 신이 있다면, 그는 15년 전 우리를 내려다보며 키득키득 웃었겠지. '야! 이것들아, 니들 15년 뒤에 애 낳고 살아!' 훗날 이리 될 것을 알았더라면 15년간 다른

에스페라 발렌틴(소피 마르소)

프랑스 파리 거주

대학교수 자격시험 준비 중인 취준생

브룩 쉴즈, 피비 케이츠와 더불어 3대 책받침 여신이었던

소피 마르소의 리즈시절 꼭짓점 미모 코팅 캐릭터

오만방자하고 이기적인 성격의 여주인공이지만

소피 마르소의 얼굴로 그냥 설득시켜 버림

남자들을 이리 기웃 저리 기웃대며 감정 낭비를 하지 않았을 텐데. 그때 한방이를 낳았더라면 벌써 20대가 되어 있을 테고, 나는 마흔 넘어 극한직업 육아로 개고생을 하지 않았을 텐데 말이다. 하지만 부족하면 부족한 대로 넘치면 넘치는 대로, 그저 있는 그대로 'As you are' 하게 상대를 받아들이는 게 세상에서 가장 어려운 것 같다. 여기 발렌틴이라는 여자의 사랑도 그래서 복잡하게 꼬인다.

전문대에서 강사로 일하며 대학교수 자격시험에 인생을 건 발렌틴. 그러다 딱 하루 스키장에 놀러갔을 뿐인데, 아 이놈의 인기란… 이번에도 남자 하나가 첫눈에 반했다고 쫓아온다. 그녀도 남자가 싫진 않았는데 이유인즉, 8개월 전 남친과 헤어진 이후 섹스가 너무 고팠던 것이다. 그래서 중대한 시험을 앞두고 그저 하룻밤 즐겨볼까 싶었던 그녀.

남자와 만나기로 한 날, 하얀색 브래지어를 입었다가 이내 검정색 망사 브래지어로 갈아입고 가방 속에 칫솔까지 챙기며 원나잇 스탠드의 빅피처를 그린다. 하지만 속내를 들키고 싶진 않아 일부러 두꺼운 망토 코트에 머플러를 칭칭 감고 데이트 장소에 나타나, 이렇게 말한다. "제가 사실 수업이 있어서 옷을 갈아입을 시간이 없었어요." 이런, 여우 중에 상여우다.

'사랑은 몰래 온 손님'이라는 영화 〈스물〉의 대사처럼 그러려고
한 건 아닌데 발렌틴도 남자에게 푹 빠지고 만다. 하지만 그녀
는 5년간 준비해 온 자격시험을 앞두고 있고 남자는 전국의 클
럽을 돌며 공연을 하는 밴드 연주자다. 이런 열악한 상황에서도
도파민이 과다 분비되는 탓에 남자는 밤새 차를 달려 발렌틴의
집 앞으로 오고, 그녀 역시 기차에서 열공하며 남자가 있는 곳
으로 달려간다.

문제는 발렌틴의 돌직구 스타일이다. 뭐든 맘에 안 들면 기어이
한마디 하고야 마는 거침없는 샤우팅의 소유자로, 길거리에 휴
지 버리는 사람, 남의 차를 받고 내빼는 사람, 흑인에겐 담뱃불
을 안 빌려주는 백인 남자 들에게 냅다 소리부터 지르는 겁대가
리 상실의 전형. 한마디로 제멋대로다. 그렇다 보니 남자는 그
녀를 미칠 듯 사랑하면서 동시에 그 고집과 성질을 감당할 엄두
가 나지 않는다.

그런 남자의 속마음을 알게 된 발렌틴. 하필 자격시험의 마지막
관문인 구술시험 문제로 '사랑'에 관한 질문을 뽑게 된다. 그리
고 때마침 면접장에 나타난 남자를 향해 발렌틴은 시험인 듯 시
험 아닌 듯 세상 가장 지적이고 우아한 사랑론을 열변한다. 몰
리에르의 희곡 〈인간 혐오자〉와 알프레드 드 뮈세의 희곡 〈사랑

은 장난으로 하지 마오〉를 인용하면서.

발렌틴　몰리에르의 희곡 〈인간 혐오자〉의 남자 주인공 알세스트는
오직 셀리멘이 자신만을 위해 존재하길 바라는 이기적인 사랑
을 합니다. 하지만 셀리멘은 자유로운 개성의 소유자였습니다.
당시로선 매우 드문 여성이었죠.
그는 마지막까지 그녀가 변하길 바라지만 상대를 변화시키는
건 불가능하며 누구도 그럴 권리는 없습니다.
셀리멘이 알세스트에게 하고 싶은 말은 날 사랑한다면 날 있
는 그대로 받아주고 나도 지금 그대로의 당신을 받아들이겠다
는 것이었죠. 17세기부터 지금까지 바뀐 건 아무것도 없습니
다. 자신과 타인을 동시에 사랑하는 일은 여전히 어렵거든요.

전 여러분께 이런 말을 하고 싶습니다.
자신의 행복보다 상대의 행복이 더 소중한 사람이 있나요?
그 사람의 기쁨과 슬픔을 함께 할 준비가 됐나요?

알프레드 드 뮈세의 희곡을 인용하겠습니다.
'모든 남자는 거짓말쟁이고 수다스럽고 일관성이 없으며
비열하고 위선적인 겁쟁이며 자존심이 강하고 쾌락을 추구한다.
모든 여자는 변덕이 심하고 허영심이 많으며 타락했다.

하지만 이 세상에서 단 하나 신성한 것이 있다면 불완전한 남녀의 결합이다.'

우리가 누군가를 사랑하는 것은 누군가를 만나 완벽해지려는 게 아니다. 나의 부족함을 상대로 하여금 채우려고 작정하는 것도 아니다. 그저 우리 자신이 불완전하기 때문이다. 불완전한 두 사람이 서로에게 기대는 것이다.

박민규의 장편소설 『죽은 왕녀를 위한 파반느』에 이런 구절이 있다. '서로를 간호하는 느낌으로 걸어가던 길고 긴 골목도 잊을 수 없다. 인간의 골목… 그저 인생이란 병을 앓고 있는 환자에 불과한 인간의 골목… 모든 인간은 투병 중이며, 그래서 누군가를 사랑하는 일은 누군가를 간호하는 일이라고, 나는 생각했었다.' 크아! 사랑은 불완전한 서로를 간호하는 일이로구나. 기꺼이 그 불완전한 사람 하나를 끌어안기로 하는 거구나.

남편과의 첫 데이트에서 그가 카페 문을 혼자 열고 들어가고, 주문을 제대로 하지 못해 얼레벌레 하고, 카페를 나와서는 차들이 쌩쌩 달리는 대로변에 나를 세우고 걸었다 한들, 그게 그 남자의 본질을 정의할 수 있는 핵심은 아니었던 것이다. 어쨌건 나는 '응당 남자라면 이렇게 여성을 배려해야 하는 거 아냐?' 하면서 매너를 남자에게만 바라는 편협한 생각을 가지고 있었다. 그렇다고 남편이 잘한 것도 없다. 그는 자신의 한계를 '남중-남고-공대-군대'라는 대한민국 남성들의 프리패스 같은 변명으로 대신했는데 스스로 약속하고 나온 자리에서 썩소를 날리며 상대방에게 모욕감을 줄 필요까진 없었던 거다. 한참 모자란 두 남녀는 15년 전 풋풋했던 시절 처음 만났지만, 이기적이고 무지했던 탓에 시간을 돌고 돌아 서른일곱에야 비로소 상대를 그대로 받아들이게 됐다.

씬의 한 수

'소피 마르소' 언니는 1966년생이다. 그런데 아주 옛날 사람 같은, 이미 천수를 누린 느낌이랄까 그런 아우라가 있다. 전설의 시작은 1980년 영화 <라붐>이었다. 시끄러운 파티장에서 남자애가 헤드폰을 씌워주자 모든 소음이 사라지고 헤드폰 속 음악 <Reality>에 맞춰 남자애와 춤을 추던 열네 살 소녀. 그 장면에 버금가는 '심멎' 장면이 이 영화에도 있다. 공교롭게도 이 영화의 감독이 <라붐>의 '클로드 피노토' 감독이다. 그야말로 언니 CF 전담 감독인 셈이다. 스키장에서 남자 주인공과 단둘이 곤돌라에 탄 언니가 <You call it love>에 맞춰 두둥 여신 강림을 알리는 장면이 백미다. 얼굴을 꽁꽁 가린 두꺼운 패딩 모자부터 젖히고, 빨간색 체크 목도리를 푼 다음, 고글을 벗고, 스키마스크까지 쏙 벗어 버리는 순간! 한

꺼풀씩 벗겨질 때마다 심장 쫄깃하다. 그 뒤에 어떤 얼굴이 있는지 아니

까. 와아아 탄성이 나온다!

"사람은 누구나 부조종사가 필요해"

결혼 공포를 잊게 해 준 그녀들

해마다 떡국을 꼬박 꼬박 챙기며 나이만 먹어가는 큰딸에게 엄마는 새해 덕담 대신 "올해는 결혼할 거니?"라고 물었다. 그러면 큰딸은 래퍼도 아닌데 라임을 살려, "웨딩이 인생의 엔딩인가?"라고 읊어댔다. 결국 서른일곱이 되어서도 솔로였던 그녀는 자신을 비롯해 이른바 노처녀라고 불리는 억울한 그녀들을 위한 독립잡지 〈노처녀에게 건네는 농〉을 발간하기에 이른다. 누군가의 재정적 도움은 1도 없이 순수하게 내돈내만, 그러니까 방송 프로그램을 만들고 번 작가료로 내가 즐겁자고 만든 독립잡지였다. (혹시 이 잡지 구입하신 분은 제가 지금도 밤낮으로 기도 드리고 있습니다. 부디 극락왕생 하세요!)

혼수로 농籠을 해가도 시원찮을 나이,
집에선 짜내야 할 농膿이 된 지 오래.
농濃익은 처녀들에게 건네는 농弄담.*

발간의 변도 기똥찬 라임으로 이어진다. 제호에 버젓이 '노처 녀'라는 단어를 그대로 썼듯 〈노처녀에게 건네는 농〉은 셀프디 스와 자학개그를 넘나드는 잡지다. '노처녀'라는 단어는 사회 가 정한 적령기에 결혼이라는 틀에 들지 못한 미혼 여성들을 싸 잡아 낙인 찍는 폭력적인 단어다. 그런데 스스로 이마에 써 붙이 고 등판한 꼴이었다. 노처녀 언니들의 고민, 걱정, 일상, 바람 등 등을 웃프게 실었다. 누구는 연애를 하고 싶어했고, 누구는 연애 따위엔 무감했으며, 누구는 결혼하고 싶으나 사정이 여의치 않 았고, 누구는 비혼을 꿈꾸었다. 노처녀들의 지향점은 다양했다.

나 또한 그렇게 노처녀로 '농런'하다가 '농농' 죽겠지 싶었는데 창간호**를 내고 그해 가을에 연애를 시작했다. 그리고 몇 달

라이언 빙햄 (조지 클루니)

미국 상공에서 거주

미국 전역의 회사를 방문해 해고를 대리 전달하는

욕받이 전문가

1년 중 322일 가출을 일삼는 비행 어른

뒤 변수가 생겼다. 아직 결혼에 관해 남친과 입장 정리도 되지 않은 상황인데 떡하니 태중에 떡두꺼비가 들어선 것이다.

피임을 안 했냐고? 내 주위 음모론자들은 이게 다 나의 빅피처라고 하지만 전혀 그렇지가 않다. 로또 될 확률이나 벼락 맞을 확률에 버금가는, 찢어진 콘돔 확률이 여기서 나온다. 어느 회사인지 알 수 없으나 불량 콘돔 하나의 나비 효과가 나를 '갑자기 분위기 엄마'로 만든 것이다. 제가 어딜 봐서 현모양처 또는 어머니가 될 상이옵니까?

라이언 빙햄의 직업은 해고 전문가다. '당신은 우리와 함께 갈 수 없습니다!' 이 껄끄러운 말을 회사 대신 전달하는 게 일이다. 당연히 일방적 통보를 받은 입장에서는 잘리는 마당이니 울분과 쌍욕, 심하면 폭력이 난무한다. 이때 라이언은 그들의 마음을 어루만지면서 행여나 해고자들이 회사에 소송을 거는 불상사를 방지하고, 그들이 새로운 일을 시작할 수 있게끔 동기부여까지 한다. 해고 전문가 겸 동기부여 전문가, 그러니까 병 주고

** 2012년 7월에 나온 창간호는 〈July come she will〉이었다. '7월이 되면 그녀가 올 거야'라는 뜻으로 비틀즈의 노래 〈April come she will〉을 벤치마킹한 제호였다. 2013년부터 발간한 〈노처녀에게 건네는 농〉은 1호부터 4호까지 나왔다. 이 중 한 권이라도 구입하신 분은 삼대가 흥할 거예요.

약 주는 게 그의 직업이다.

1년 중 322일을 밖에서 지내다 보니 그에게 집은 비행기와 호텔이다. 그는 승무원들과 호텔 직원들의 형식적인 미소와 예의에 대해 '난 이런 체계화된 친절이 좋다'고 말한다. 조금이라도 친밀한 관계는 사절, 가족들과도 거리두기를 한 지 오래다. 언제든 떠날 수 있게 단출하게 꾸린 자신의 캐리어처럼 그에게 모든 인간관계는 아쉬울 게 없고 늘 떠나도 괜찮은 사이였다. 남들처럼 가정을 꾸리고 정착하는 삶보다, 비행을 거듭하다 천만 마일리지 카드를 받는 전 세계 일곱 번째 주인공이 되는 게 그의 꿈이다.

어느 날, 호텔 라운지에서 만난 알렉스라는 여자. 신이 나를 여자로 빚어놓으신 걸까? 그녀는 라이언과 너무나 닮은 사람이다. 매력적인 외모, 뛰어난 업무능력, 센스 있는 입담, 비슷한 취향, 게다가 관계에 있어선 칼 같은 선긋기가 가능하니 실로 여자 라이언이었다. 그녀 또한 전국을 비행하는 직종에 근무하는 관계로 두 사람은 비행 스케줄이 겹치는 공항과 호텔에서 만남을 이어간다. 여운의 감정이라곤 일절 없는 비즈니스 같은 깔끔한 연애. 그러다 점차 라이언은 그녀에게서 그동안 느껴본 적이 없는 집과 같은 평온함을 느끼게 된다.

그러던 중, 여동생 결혼식에 참석한 라이언. 그런데 신랑신부 입장을 앞두고 갑자기 신랑이 겁이 난다며 방에서 나오지 않는 사건이 발생한다. 울고 있는 여동생을 보다 못한 라이언은 팔자에도 없는 '결혼을 해야 하는 이유'에 대해 설명하며, 동기부여가로서의 직업을 살려 신랑 설득에 나선다.

라이언   마음이 복잡하다면서?

신랑   결혼할 자신이 없어요. 어젯밤에 잠이 안 와서
         결혼식을 머릿속에 떠올려 봤는데
         그러다 보니 생각이 자꾸 번지는 거예요.

         집 사고, 첫아이 낳고, 둘째 낳고
         크리스마스에, 추수감사절, 봄 방학,
         미식축구 보러 다니다 보면
         어느 순간 애들은 졸업하고 취직하고 결혼하겠죠.
         곧 할아버지가 되고요. 은퇴해 머리카락은 빠지고
         살은 찌고 그러다 죽을 거예요.

         대체 왜 그렇게 살아야 하는 거죠?
         이유가 뭐예요? 제가 지금 뭘 하려는 거죠?

형님은 결혼 안 하셨잖아요. 결혼할 맘도 없고요.

결혼한 친구들 보면 모두 형님보다 불행해 보여요.

라이언 솔직하게 얘기할게.

결혼은 부담스러운 짐이야.

자네 말대로 결혼하면 그렇게 정신없이 살다 죽지.

정해진 길을 따라 숨 쉴 틈도 없이 살다가 다들 죽는 거야.

솔직히 나한테 이런 얘길 할 자격이 있는지는 모르겠지만

생각해 봐.

자네 인생에서 가장 행복했던 순간에 혼자였는지.

누군가 있으면 (힘든 상황도) 견디기 쉬워.

사람은 누구나 부조종사가 필요하지.

나도 결혼이 무서웠다. 시댁의 노예로 살 것 같고, 가부장적인 남자를 만나 내 커리어 따윈 없이 집순이가 될 것 같았다. 그러니까 걱정을 사서 한다는 게 이런 거다. 대체로 걱정의 90%는 실제로 일어나지 않는다고 하지 않나. 서른일곱의 나도 결혼에 관한 걱정을 이고 사는 스타일이었다. 거의 40년 가까이 보아온 다스베이더와 마이애미의 결혼사가 불행해 보였기 때문이다. 그즈음 나는 김형경 소설가의 『남자를 위하여』를 읽으며 결혼

을 기피하는 여성들의 대다수가 아빠와의 관계에 문제가 있다는 문장에 깊이 공감했다. 다스베이더는 가정에 충실한 가장이 아니었다. 그는 여성편력이 심했고 마이애미는 바람 잘 날 없는 남편 때문에 애간장을 태웠다.

내 사전에 없었던 '결혼'과 '육아'라는 두 단어. 결혼과 더불어 한 방이를 낳을 결심까지 하게 된 데에는 두 명의 멘토가 존재한다. 이미림 심리상담가와 당시 패션지 〈코스모폴리탄〉에디터였던 곽정은 기자. 두 분과의 만남은 노처녀잡지에 실을 인터뷰로 시작되었다.

먼저, 이미림 상담가는 연애나 결혼을 하고 싶은데 못하는 노처녀와 노총각들을 '스스로를 잘 모르는 어른 아이'라고 잘라 말했다. 인터뷰를 하는 내내 나는 마치 자동차 까딱이 인형이 된 줄 알았다. 구구절절 일백퍼센트 공감이 가는 말씀이었던 터라 인터뷰 직후 바로 4주 상담코스를 끊고야 말았다. 그리고 일대일로 만난 첫 상담 날, 그녀는 나의 가정사를 죽 듣더니 툭하고 한마디 던졌다.

준아 씨를 낳았을 때 아버지는 몇 살이었나요?

머릿속으로 다스베이더가 나를 낳았던 나이를 셈하다가 아무 말도 못하고 나는 펑펑 울고 말았다. 다스베이더는 고작 스물여섯이었다. 믿기지 않겠지만 그 순간 나는 가장으로서, 아빠로서 불성실했던 그의 지난 과거를 용서해 주기로 했다. 내게 비혼을 결심하게 만든 존재에 대한 오랜 체증이 그날을 시작으로 조금씩 뚫리기 시작했다. 그렇게 4주 상담이 끝나고 나자, 나는 아이를 벗고 이제야 비로소 어른의 세계에 발을 디딘 스스로를 마주했다. 이제야 온전히 누군가를 사랑하면서 상대의 허물조차 품을 수 있는 대인배가 될 수 있겠다는 자신감마저 들었다. 그리고 덜컥 임신이 되었을 때도 그녀의 조언이 큰 도움이 되었다. 아이를 낳고 키우는 과정은 엄마 자신의 어린 자아를 돌보고 성장시키는 시간이 될 거라는 격려였다.

그리고, 요즘 수많은 여성들의 멘토가 되고 있는 곽정은 작가. 그녀는 자신의 이혼 경험을 솔직하게 들려주면서, 결혼 전 '자신이 무엇을 원하는지 몰랐다'고 했다. 내게 아주 단순하게 정리해 볼 수 있는 팁을 알려 주었는데, 자신이 원하는 바를 '하드웨어'와 '소프트웨어'로 나누고 각각의 비중을 고려하는 방법이었다. '하드웨어'는 집, 직업, 연봉, 종교 같은 뼈대를 이루는 것이고, '소프트웨어'는 휴일을 액티브하게 보내는지 아니면 책을 읽는지, 영화는 액션을 보는지 아니면 멜로를 보는지, 선물은 꽃다발을 사는지 아니면 실용적인 걸 사는지와 같은 취향을 이루는 것을 의미한다. 그녀 스스로 자신은 소프트웨어가 중요한 사람이었는데 하드웨어에 비중을 많이 둔 탓에 실패했다고 고백했다.

덕분에 나는 내게 중요한 것들의 비중을 따져 볼 수 있었다. 전체를 '10'이라고 본다면 내게 하드웨어는 '2'정도 중요했고, 소프트웨어가 '8'만큼 중요하다는 판단이 섰다. 그 후, 연애를 시작할 때 상대에게서 먼저 찾은 부분이 나와 맞는 소프트웨어였고, 그러다 보니 결혼 결정도 복잡하지 않았다. 그런 내게 주위에서 '적어도 집은 있어야 돼'라거나 '연봉은 얼마 이상은 돼야지' 같은 하드웨어를 거듭 강조할 때도 귓등으로 흘릴 수 있었다. 지금도 그때의 생각에 동의하냐고 묻는다면 절대적으로 그렇다.

씬의 한 수

라이언은 동기부여 전문가로 활동하면서 '배낭'을 가지고 대중 강연을 하는데, 그 장면들이 하나같이 주옥같다. 배낭에 자신이 가진 것들을 하나씩 넣는 상상을 하는 거다. 작은 것들부터 가구, 가전제품까지 작은 배낭에 쓸어 담다 보면 우리가 얼마나 많은 짐을 짊어지고 살고 있는지 그리

고 얼마나 불필요한 것들을 많이 가지고 있는지 깨닫게 되는 식이다. 마

찬가지로 인간관계도 작은 배낭에 넣는 상상을 하다 보면 내게 꼭 필요한

사람들을 넣기 위해 억지로 붙들어 둔 의미 없는 인연들을 버려야 한다는

것도 알게 된다. 무엇보다 '라이언은 오랜 비행을 마치고 알렉스가 있는

안락한 가정에 착륙하게 될까?' 하는 것이 최대 관전 포인트였는데 저세

상 전개가 이런 건가.

"널 도울 수 있게 날 도와줘"

극한알바 태교법

서양에서 태어났더라면 적어도 두 살은 더 어리게 살 수 있다. 태어나자마자 한 살 먹고 들어가, 해가 바뀌면 떡국 위에 고명처럼 한 살을 얹어 주는 게 한국식 나이 계산법이다. 억울한 느낌도 들지만 알고 보면 생명을 존중한 우리 선조들의 남다른 태도에서 비롯된 거다. 조상들은 엄마 배 속의 태아를 하나의 생명으로 인지했다. 수태되는 순간, 오늘부터 1일이었던 거다. 서양에서는 태아의 자궁인생은 쳐 주지 않는다. 그런데 알고 보면 태아 19주차엔 인간 인증 마크인 지문까지 완성되니 하나의 생명으로 인정한 선조들의 태도가 백번 옳다. 그렇다 보니 전 세계 최초의 태교책이 우리나라에서 나온 것도 이상할 게 없는 것이다.

『태교신기』는 조선 중기 이사주당*이라는 여성 학자가 쓴 세계 최초 태교 입문서다. 당시로선 과년한 스물다섯 살에 시집 가, 아들 하나 딸 셋의 자녀를 키운 경험을 바탕으로 62세에 쓴 것인데, 태교의 중요성을 비롯해 구체적인 태교 방법, 심지어 아빠의 역할을 강조한 부성태교까지 담은 놀라운 책이다.

태교신기 1장 제2절에 이런 구절이 있다. "스승의 십 년 가르침이 어머니가 임신하여 열 달 기르는 것만 못하다. 어머니가 열 달 기른 것은 아버지가 하루 낳는 것만 못하다."** 그러니까, 좋은 스승에게 10년 배우는 것보다 엄마가 부단히 애쓴 10달이 중요하고, 엄마의 노력만큼 태아가 잉태되는 그 하루, 아빠의 마음가짐도 중요하다는 거다.

---

* 조선 시대 여성 실학자, 사주당師朱堂 이씨(1739-1821). 여성의 호는 안주인이 기거하는 별체를 뜻하는 '당堂'을 붙여 정했는데, '신사임당'師任堂의 경우 주나라 문왕의 어머니인 '태임'太任을 자신의 '스승'師으로 삼는다는 뜻이며, '이사주당'師朱堂은 성리학을 확립한 송대 학자 '주희'朱熹(주자)를 스승으로 본받는다는 의미로 대학자가 되길 염원한 여성이다. 『태교신기』 외에 여러 책을 썼으나 현재 전하는 책은 『태교신기』뿐이다. 경기도 용인시 태교의 숲에 이사주당의 묘가 있다.

** 사주당, 『태교신기』 (최희석 엮음). 이담북스. 2020, 38쪽

이사주당이 얘기한 태교의 방법 중 하나는 오늘날에도 많은 임산부들이 따라하는 방식이다. '시를 읽고 글을 외우며 거문고나 비파를 연주해 임산부의 귀에 들려줘야 한다.'는 식이다. 내 주변에도 이와 비슷하게 수학 문제지를 풀거나 영어 공부를 하거나 모차르트를 들었다는 태교 경험자들이 많다.

하지만, 육아 무식자인 나는 태중의 한방이에게 가혹한 태교를 했다. 매일 저녁 퇴근한 남편과 함께 집 앞 산책길을 걸으며 이른바 '알바, 어디까지 해 봤니?' 눈물 없이 들을 수 없는 남편의 알바 경험을 들려 주었다.

갓 스무 살이 되었을 무렵, 남편은 아버지를 암으로 잃었다. 대학 등록금은 물론이고 생활비까지 감당해야 했기 때문에 닥치는 대로 일을 했다. 그에게 낭만적인 캠퍼스 따윈 없었다. 워낙 다양한 업종을 넘나들었던 탓에 알바몬급 남편의 스토리는 화수분마냥 끝도 없었다.

모름지기 알바에도 레벨이 있는 법이다. 남편이 했던 알바 가운데 최고난도는 지하철 행상이다. 지하철 문이 열리는 순간, 람보 흉내를 내며 뛰어 들어가 '두두두두두' 총알을 휘갈기고 바닥을 구른 뒤 재빠르게 뛰쳐나오는 담력 키우기 미션도 아니고,

남편의 알바는 실전이었다. 숫기라는 게 없는 사람이 그걸 어떻게 했을지 안 봐도 비디오다. 시벌게진 얼굴로 모르는 사람들에게 볼펜을 비롯해 생활용품을 팔았단다. 그렇게 끝나지 않는 네버엔딩 알바 인생은 시작됐다.

신문보급소에서 신문을 받아 지하철을 타고 가며 속지를 끼워 넣고, 특정 지하철 가판대까지 배달하는 알바라든가, 여기저기 부르는 공사장에 가서 '노가다' 잡일을 하는 알바, 공장 생산라인에 서서 플라스틱에 구멍을 뚫는 알바, 길거리에서 사람들에게 학원 전단지를 돌리는 알바, 패스트푸드점에서 햄버거 포장하는 알바, 피로연장 뷔페에서 서빙하는 알바 등등 그다지 기술을 요하지 않는 업무가 초창기 알바군에 들어간다.

그러다 차츰 좀 더 섬세한 기술을 요하는 고급 알바의 영역으로 넘어갔다. 도배와 장판 알바, 그리고 공사판 미장 알바! 몸을 쓴 경험은 고스란히 남는 법이라, 남편은 요즘도 집에서 싱크대 리폼이나 도배 리폼은 혼자서도 척척이다.

태교로 남편의 극한 알바 스토리를 들려 주고 싶었던 이유는 단 하나! 한방이가 꼭 아빠를 닮았으면 해서다. 투정하지 않고 불평하지 않고 남편은 스무 살 이후 홀로 남은 어머니에게 단 한 번도 손을 벌린 적이 없다. 아빠처럼 스무 살에 경제적 독립을

제리 맥과이어(톰 크루즈)

미국 거주
스포츠 매니지먼트 업계 최고의 매니저
방출 위기 노장 선수를 전성기로 돌려 놓는
임파서블한 미션 달성이 특기!

했으면 하는 엄마의 큰 그림, 한방이는 눈물겨운 알바 스토리에 감동했을까 아니면 감당 안 됐을까.

제리 맥과이어의 스케일은 세계를 아우른다. 전 세계 스포츠 선수 가운데 무려 1,685명을 관리하는 최고의 매니지먼트사에서도 최고로 잘나가는 선수 매니저! 제리가 관리하는 선수는 72명, 하루 평균 264통의 전화를 거는 게 일상이다. 안하무인 선수들의 응석을 오냐오냐 하며 받아 주는 데 도가 튼 매니지먼트의 달인이다.

그러던 어느 날 불현듯 현타가 온다. 관리하는 선수 하나가 미성년인 소녀와 성매매를 했다. 그런데 제리는 해당 선수와 손절은커녕 언론을 상대로 쉴드나 치고 있는 스스로를 발견한다. 게다가 치명적인 부상을 당한 또 다른 선수에게 쉬라는 말 대신 뛰라고 말하는 자신에게 급 실망하고 '갑자기 분위기 초심'으로 돌아간다.

회사에 매니저 1인당 담당 선수를 줄이고, 돈보다는 선수에 대한 관심과 애정을 쏟자고 무식하게 제안했다가 무직자가 된 제리. 자신이 담당했던 선수들 72명 가운데 미식축구 선수 로드 1명을 제외하고는 모두 그를 등진다.

모두가 'NO'라고 해도, 'YES'라고 말하는 '대어' 하나만 있으면 게임 끝! 로드도 한때는 모두가 잡으려는 대어급이었으나 지금은 어느 팀에서도 낚싯줄을 던지지 않는 애매한 잔챙이 노장 선수일 뿐이다. 여기에 인성은 밴댕이급으로 경기장에서도 프로 불평러인 로드는 감독에게 완전히 찍혀 주전으로 뛰지도 못하는 상황이다. 그런데도 각성 못 하고 슈퍼스타들이나 하는 4대 광고(운동화, 자동차, 의류, 음료수)를 따내라고 난리다.

하지만, 단 하나뿐인 나의 스타 로드를 위해 제리는 밤낮으로 경기장에서 응원한다. 감독에게 애걸복걸하면서 로드의 재계약을 위해 동분서주 바쁘다. 납작 엎드린 매니저 제리의 '노오력'은 안중에도 없이, 로드는 거액 연봉 계약은 물론 자기를 사랑과 존경을 받는 선수로 만들어야 한다고 되려 큰소리다. 급기야 자포자기한 제리가 날리는 뼈 때리는 조언!

제리	거액 연봉 계약을 하려면 실력을 보여 줘야 해.
	불평은 그만하고 뭔가를 보여 줘.
	처음 출전했던 그때처럼 하란 얘기야.
	자네 신인 시절 기억나?
	돈이 전부는 아니었잖아? 그랬지?

로드	네 일이나 잘해. 난 광대짓 안 해.
	난 선수지, 연예인이 아니야.
	계약 성사 안 되면 출전이고 광대짓이고 안 해.
제리	널 위해 여기까지 왔어.
	여기까지 와서 내가 어떤 일 하는 지 넌 몰라.
	새벽같이 일어나 녹초가 되도록 자존심도 팽개치고…
	일일이 말할 수도 없어.
	왜 네가 천만 달러를 못 받는지 얘기해 줄게.
	넌 너무 액수에 연연하기 때문이야.
	가슴은 없고 머리만 굴리지.
	돈 생각만 하고 딴 선수 불평이나 하잖아.
	그런 태도로는 인정받지 못해.
	입 닥치고 가슴으로 경기를 하란 말이야.
	도와줘, 날 도와줘. 널 도울 수 있게 해 줘.
	널 돕도록 날 도와줘. 도와 달라고.

제리는 로드 앞에서 손이 발이 되도록 통사정한다. "제발 널 도
울 수 있게 나를 도와줘!" 널 돕고 싶은 마음이 생기도록 쫌! 애

쓰는 모습을 보여 달라고 말이다.

만약 내가 누군가의 운명을 관장하는 신이라면, 어려운 상황에서 스스로를 일으키려고 부단히 애쓰는 사람을 도와 주고 싶지 않을까. 저렇게까지 애쓰는데 모른 척하기도 그렇고 눈 한 번 질끈 감고 저 사람 도와 줘야겠다는 마음이 절로 생길 것이다. 우리말로는 '지성이면 감천'이고, 영어로는 'Heaven helps those who help themselves', 하늘은 스스로 돕는 자를 돕는다는 얘기다.

남편의 생고생 이야기를 처음 들었을 때 나는 적잖이 놀랐다. 내 주위에서 그 나이에 그렇게까지 스스로를 구한 사람을 나는 본 적이 없었다. 스무 살에 닥친 불행의 격랑을 정면으로 맞서서 넘은 이야기를 들어 본 적이 없었다. 그래서 나는 제일 존경하는 사람으로 남편을 꼽는 데 주저하지 않는다.

한방이에게 내가 할 수 있는 최선의 태교는 지지 않는 사람의 이야기를 들려 주는 것이었다. 어떤 난관에서도 불평하고 불만을 늘어 놓기보다는 자기식대로 낙관하며 나아가는 인간으로 자라면 좋겠다고 생각했다. 절망의 순간에서도 끝까지 스스로를 구하는 사람이 되기를 바란다. 이제 막 생명이라는 걸 부여받은 작디작은 태아에게 지나치게 무거운 인생 예고편을 틀어 준 건 아닐까 싶기도 하지만.

씬의 한 수

영화 사이사이에 갑자기 등장해 촌철살인을 날리고 사라지는 남자가 재미있다. 스포츠 선수 매니저인 제리 맥과이어가 정신적 스승이자 선배라고 일컫는 딕키 팍스(Dicky fox)다. 실제 '스포츠 매니지먼트'를 창시한 딕키 팍스가 살아생전 했던 명언을, 대역 배우가 인서트로 내뱉고 사라진다. 예를 들면, "우리 일의 핵심은 인간관계죠", "상대를 사랑하지 않고는 결코 성공할 수 없어요", "(가슴을 가리키며) 여기가 비었으면 (머리를 가리키며) 여긴 아무 소용없어" 같은 말들이다.

2부

'육아'의 '아'는
아이兒가 아니라 나我!

"창조적이라고 떠들어대면서
생명이 어떻게 자라는지도 모르지"

제2외국어는 신생아어

모르면 약이요, 아는 게 병이라 했다. 이 속담이 세상사 모든 문제에 들어맞는 건 아니다. 적어도 결혼해 아이를 가질 거라면 임신과 육아에 관해서는 뭘 좀 아는 편이 낫다. 분명 나는 중학교 3년간 '가정'이라는 과목을 배웠고, 또 고등학교 3년은 '가사' 수업을 들었다. 수업 시간에 졸긴 했어도 맹세코 잠을 잔 적은 없다. 그런데 왜 나는 임신과 육아의 기본도 모르는 상무식자, 상무지랭이로 컸나. 현장 실습이 중요한 분야를 나는 글로 배웠던 거다.

내 인생의 황금기, 열 달의 임신기를 보낼 때만 해도 '어서 와!
애는 처음이지?' 출산 이후 어떤 그림이 펼쳐질지 나는 몰랐다.
9월 초 예정일을 앞두고, 8월 초에 여름휴가로 남편과 전라도
일대를 돌았던 게 나다. 지금 생각해 보면 진짜 돌았던 게다. 심
지어 전남 장성의 축령산까지 올랐다. 만삭 임부의 위엄인가,
위험인가, 위협인가.

제왕절개로 3.75kg 한방이가 나왔다. 정기검진 때 산부인과 의
사가 잔뜩 겁을 준 까닭에 도저히 자연분만을 할 용기가 나지
않았다. '그 나이에 자연분만 하다간 뼈가 으스러지고 몸이 아
작 납니다!' 오지랖이 상당했던 의사는 남편과 내가 묻지 않았
는데도 한방이의 성별을 먼저 알려 준 분이기도 하다.
어쨌거나 아랫도리에 뭐가 보이는 성별을 가진 한방이는 "제왕
절개. 엄마 아팠어요. 내 머리 커서." 영화 〈7번 방의 선물〉 대사
마냥 머리가 컸던 탓에 수술 부위를 옆으로 더 찢어 놓으며 태
어났다. 다행히 나는 수술도 체질이었는지 이튿날부터 몸을 움
직였을 만큼 예후도 좋았다. 그리고 한방이는 2주의 조리원 생
활 동안 어찌나 순하게 잠만 자는지 조리원 동기들이 뽑은 효자
중의 효자로 등극했다. 그때만 해도 몰랐다. 꿀 같은 시간이 끝
나 간다는 사실을 말이다.

'웰컴 투 더 헬~' 지옥의 문은 집에서 열렸다. 집에 온 날부터 한방이는 새벽에 잠을 안 잤다. 그리고 동네가 들썩일 정도로 한 시간마다 자지러지게 울었다. 나는 '순자'를 소환했다. 그래, 태어날 때부터 인간은 악한 존재였어. 성악설이 확실했다. 한방이를 겨우 달래서 잠이 들었구나 하고 침대에 눕히는 순간 재깍 울었다. 육아 전문 용어로 '등센서'라는 걸 한방이는 장착하고 있었다. 빠른 속도로 나는 피골이 상접한 몰골로 변했고, 필터링 없이 쌍욕을 업그레이드 했으며, 결국 눈앞에 보이는 화장대 의자를 걷어차기에 이르렀다. '이런 십장생~' 발이 엄청 아팠다. 해서 다음 날부터는 한쪽에 이불을 쌓아두고 걷어찼다. 레알 이불킥! 탁월한 방법이었다. 폭신했고 고통도 없었으며 소리도 안 났다.

한방이의 오열과 아내의 이불 걷어차기가 실시간으로 긴박하게 벌어지고 있는 와중에도 남편은 동요 없이 잘 잤다. 조금의 뒤척임도 없이 아주 달게 자더라. 훗날 이 미스터리에 대해 유재석이 방송에서 밝힌 바 있다. '실은 남편들 귀에도 다 들리는데 그냥 꿈이겠지… 하면서 자는 거라고.' 에라이 나쁜 놈들아. 그런데 대체 왜 한방이가 자지러지게 울었냐고? 이유는 방이 너무 더웠기 때문이다. 그 단순한 욕구불만을 어쩔 줄 몰라서 작디작은 애를 수시로 깨게 만들고 울게 했던 것이다. 어리석고

엄미를 키운 영화 속 멘토

존 코너 (에드워드 펄롱)

미국 LA 거주

머나먼 미래, 기계들과의 전쟁에서

인류를 구할 팔자를 타고 태어난 입지전적인 인물

허나 현재 히어로와는 거리가 먼 그저 중2병 환자

무식한 어미가 죄다.

얼굴 위로 펄룽 펄룽 날리는 머리칼, 그 사이로 도저히 감출 수 없는 잘생김을 묻힌 소년의 이름은 '존 코너'다. 녀석은 지금 친구와 함께 현금 지급기를 털고 있다. 무식하게 박살내는 게 아니라 암호 해독기를 돌려 프로절도범처럼 지급기를 여는 식이다. 깜짝 놀란 친구가 이런 걸 어디서 배웠냐고 묻자, 엄마한테 배웠는데 엄마는 싸이코이고 인생 루저이며 컴퓨터 공장을 폭파시키려다가 붙잡혀 정신병원에 있다고 말한다.

녀석의 엄마는 바로, '사라 코너'. 〈터미네이터〉 1편에서 장차 인류를 구할 아이를 잉태했던 그녀다. 이럴 수가! 인류의 팔자를 쥔 대단한 여인이 자기 엄마인 줄도 모르고 아들 녀석은 엄마를 정신병자 취급한다. 엄마가 정신병원에 갇혔겠다, 앗싸! 중2병 아들은 정신줄을 놓는다. 밤낮없이 일탈에 매진하던 어느 날, 형체를 자유자재로 바꾸는 액체 기계인간이 자신을 죽이려고 달려들던 찰나, 언젠가 엄마에게서 들었던 터미네이터가 나타나 녀석을 구한다.

터미네이터　　내 임무는 널 보호하는 거다.

존 코너   그래요? 누가 보냈어요?

터미네이터   바로 너! 35년 후의 네가 자신을 지키기 위해
                 미래에서 날 보낸 것이다.

존 코너   엄마와 난 주로 니카라과 같은 남미에서 지냈어요.
                 엄마는 퇴역 공수부대원과 함께 총을 밀수했죠.
                 거기서 엄마는 여러 가지를 배워서
                 저를 최고의 군사지휘관으로 만들려고 가르치셨죠.
                 저는 엄마가 해준 모든 게 엉터리라고 생각하면서
                 줄곧 엄마를 증오했어요.
                 그런데 엄마 말씀이 사실이었군요.
                 엄마는 알고 있지만 아무도 안 믿었어요, 저까지도요.

이제야 존은 자신의 운명을 받아들인다. 그동안 누차 엄마가 말했으나 믿지 못하고 깨닫지 못했던 진실에 스스로 눈을 뜬 거다. 알게 되면 주어진 삶은 전혀 다른 의미가 된다. 그 길로 존은 정신병원에 갇힌 엄마를 빼내고, 모자는 함께 머지않은 미래에 벌어질 핵전쟁을 막기로 한다. 인류를 파멸에 이르게 할 '스카이넷' 인공지능 기계들! 그런데 어라? 해당 업체는 아직 설립 전이었다. 그 대신 장차 '스카이넷'을 만들 운명의 남자를 찾아 나

서니, 그의 이름은 '다이슨'이다! (웅? 청소기 회사?)

잠깐 삼천포로 빠져서, '다이슨' V8 청소기 애용자인 나는 검색에 들어갔다. 그리고 놀라운 우연을 발견하고 온몸에 소름이 돋았는데, 일단 이 영화가 개봉한 1991년에 영국에서 '다이슨'이 설립됐다. 그리고 두 번째 우연은 이 영화의 감독은 '제임스 카메론'이고, '다이슨' 설립자는 '제임스 다이슨'!이다. 정말 서프라이즈 하지 않은가. 이 사실을 두 명의 제임스에게 제보해야겠다. 진짜 모를 일이다. 먼 미래에 '다이슨'의 인공지능 청소기가 인간을 쓰레기로 분류하고 쓸어 버릴 날이 올지도!

여하튼 다이슨이라는 남자의 집에 불청객 셋이 찾아온다. 웬 중년 여자와 중2 아들, 거기에 집채만 한 남자가 다짜고짜 '당신이 인류 30억을 죽일 거'라며, 미래형 시제로 자신을 죄인 취급하니 날벼락도 이런 날벼락이 없다. 다이슨은 그저 열심히 연구에 몰두했을 뿐인데…

다이슨	아직 하지도 않은 일을 심판하러 왔군요.
	우리가 어떻게 그걸 알았겠소?
사라 코너	그래 맞아. 당신은 그걸 알 길이 없었겠지.

당신 같은 사람이 수소 폭탄을 만들고

당신 같은 사람이 이 모든 비극을 생각해 낸 거야.

창조적이라고 떠들어 대면서 진짜 창조가 뭔지도 모르지.

생명의 의미가 뭔지, 생명이 어떻게 자라는지.

죽음밖에 창조할 줄 모르지. 죽음밖에.

아이라는 하나의 생명, 하나의 세계가 만들어지고 있는데 어미란 자는 너무도 무지했던 것이다. 그렇다고 열심히 육아서를 들고 파지도 않았다. 생명의 잉태와 탄생과 출산, 그리고 육아까지 너무 가벼이 보았고 까짓 거 누구나 하는 거니까 했던 거다. 새벽에 한방이는 울고, 나는 이불을 걷어차는 나날을 보내다가 알게 되었다. 한방이는 세 가지 경우에만 운다는 걸 말이다. 덥거나 배고프거나 졸릴 때! 조리원에서 세상 순하다고 소문난 한방이는 진짜 순한 아기였는데 엄마만 그걸 몰랐다.

영화 〈가디언즈 오브 갤럭시〉에서 그루트는 어떤 상황이든 '아임 그루트!', 이 말만 한다. 자기애가 너무 강한 나머지 계속 자기소개를 해대는 관종이 아니라 그루트 종족의 말이 그렇다. 유일하게 너구리 로켓만은 그 말의 의미를 때에 따라 다르게 읽어낸다. 나도 점차 그루트의 말을 이해하는 로켓처럼 되어 갔다. 한방이는 신생아의 언어로 동일하게 울었지만 그게 배고파서

칭얼대는 건지, 더워서 짜증이 난 건지, 졸려서 기분이 이상한 건지 알아들을 수 있었다. 신생아 언어에 드디어 귀가 트인 셈이다.

뇌에 관심이 많은 지인에게서 들었는데 신생아들은 자신이 보고 느낀 세상의 정보를 잠을 자면서 기억 저장 장치인 해마에 저장한단다. 하지만 갓 태어났으니 해마의 크기가 너무 작아서 수시로 잠을 깰 수밖에 없다는 것이다. 그러다가 점점 해마가 커지면서 비로소 아기의 수면 시간도 길게 늘어난다는 게 과학적 사실이다. 한방이의 수면 패턴이 짧을 때 이 사실을 알고 있었더라면 얼마나 좋았을까.

이유를 알게 되면 무턱대고 화를 내거나 괴로워할 일이 없다. 임신이나 육아는 많이 알면 알수록 훨씬 덜 힘들다는 걸 나는 겪고 난 뒤에야 알았다. 사라 코너처럼 아이의 미래를 대비해 군사 전술을 선행학습시키는 앞서가는 엄마는 못 될지언정, 적어도 아이의 보폭보다는 조금 빨리 걸으면 좋지 않을까. 영화 〈걸어도 걸어도〉에는 이런 대사가 나온다. "늘 한 발씩 늦는다니까." 자식을 생각하는 부모님의 깊은 마음을 좀처럼 따라갈 수 없다는 의미로 쓰였지만 나는 정반대로 늘 한방이보다 한발씩 늦는 기분이다.

SF 장르의 한 획을 그은 <터미네이터>는 긴 말이 필요 없는 시리즈다. 총 5편까지 제작됐는데 사실 그 가운데 1편과 2편만이 제임스 카메론 감독의 오리지널 시나리오와 연출이다. 1,2편을 보면 그 자체로 완결되는 스토리인데, 요게 돈이 되니까 다른 영화사에서 판권을 사들여 시리즈인 양 만들어냈고 3,4,5편은 줄지어 폭망한다. 그 후 판권 계약 기간이 끝나는 시점에 제임스 카메론 감독이 욕심내서 제작과 각본에 참여한 게 <터미네이터: 다크 페이트>다. 초대박 흥행을 한 2편의 백미는 역시 '에드워드 펄롱'의 존재인데, 당시 나도 그 앳된 아이를 잘생겼으니까, '오빠'라고 불렀다. 그런데 이번에 자세히 보니, 우리 펄롱이 얼굴에 이미 미래에 역변할 얼굴이 도착해 있더라.

"단지 여자라는 이유로 좋은 부모가 되는 건가요?"

세상에서 제일 둔한 엄마

친구 가운데 예민한 몸뚱이를 가진 L은 자궁에서 아기가 수정되는 걸 느꼈다고 했다. 정자가 우주 같은 자궁을 헤엄쳐 난자와 도킹하는 그 순간을 느꼈다는 것인데, 허언증도 이쯤 되면 큰 병이라 생각한다. 암튼 지금도 나는 믿지 않지만 L이 느꼈다고 하니 그렇다 치자. 어찌 됐건 그 정도의 극성 예민은 아니더라도 일반적으로 태아를 잉태한 모체가 경험하는 것들이 있기 마련인데 나는 고것이 없었다.

노 입덧, 노 식탐, 노 스트레스, 노 우울이었다. 심지어 배가 불러오니 평소에 똥배 때문에 못 입던 밀착 원피스도 대놓고 입을 수 있었다. 똥배인지 아기 배인지 아무도 모를 거라고 나는 확신했다. 내 인생 통틀어 가장 아름다웠던 시기가 정확히 임신한 열 달이었다.

임신 7개월쯤인가. 나와 비슷한 시기에 둘째를 임신한 Y를 만났는데, 배의 크기나 모양새는 비슷했지만 그녀의 몸놀림은 상당히 조심스러웠다. 앉았다 일어날 때마다 연신 아프다고도 했다. Y가 물었다.

> — 넌 배 뭉침이 어때?
> — 배.뭉.침*? 그게 뭔데? 먹는 거임?

난생처음 듣는 용어였다. 그리고 얼마 지나지 않아 남편과 산부인과에 갔는데 마침 의사가 배 뭉침은 어떠냐고 묻는 게 아닌가. "선생님. 친구도 물어보던데요. 저는 배 뭉침 같은 게 없어

---

* 　임신 초기부터 후기에 이르기까지 누구나 경험하게 되는 배 뭉침은 자궁 근육이 수축하면서 생기는 증상. 자궁이 커가는 동시에 원래 모양대로 수축하고자 하는 반작용의 힘이 배 뭉침으로 나타난다. 주로 하복부에 묵직한 느낌이 들고, 생리통처럼 찌릿찌릿한 통증으로 느껴지기도 한다. ("임신부 '배 뭉침' 걱정과 안심 사이" 〈조선일보〉 (2011. 2. 17)

요." 라고 했더니, "지금 배가 상당히 뭉쳐 있어서 하는 소립니다!" 그 순간 남편이랑 자지러지게 웃었다.

이쯤 되면 예상했겠지만 세상 세상 나만큼 둔한 사람도 없을 것이다. 친구 C도 내게 말했다. 뱃속에서 태동이 느껴지면 잘 관찰해 보라고, 그게 어떤 패턴이 있다고. TV에 '소녀시대'가 나오면 C의 아들은 뱃속에서 그렇게 발을 굴렀단다. 다른 걸그룹은 사절, 오로지 소녀시대만 말이다. 그 놈 취향 참 일관되다. 하지만 배 뭉침도 못 느끼는 내가 한방이의 태동 따위를 읽을 수나 있었겠는가.

심지어, 조리원에서는 까무러칠 사건도 있었다. 신생아실 소독 시간에 아이를 방으로 데려가려고 받아들었는데 한방이가 눈을 말똥말똥 뜨고 나를 올려다보는 게 아닌가. 사실 태어난 이후 줄곧 눈을 안 떠서 걱정이 되던 참이었다. "한방아, 네가 눈 뜬 걸 아빠가 봤더라면 얼마나 좋아했을까 그치?" 하면서 방에 들어와 포대기를 걷었는데, 뜨악! '김○○님 아기' 라는 이름표가 손목과 발목에 떡하니 붙어 있는 게 아닌가.
어미란 자가 10개월간 품고 낳아서 며칠 동안 젖 물리며 봐온 제 새끼 얼굴도 못 알아본 거다. 그제야 아기 얼굴이 자세히 보였다. 피부도 새하얗고 머리카락은 정갈한 데다 이목구비도 야

테드 크레이머(더스틴 호프만)

미국 거주
예쁜 아내와 귀여운 아들을 둔
잘나가는 광고회사 중역에서,
가출한 아내 덕에 '갑자기 분위기 워킹대디'가 된
아저씨

무지게 예쁜데, 더한 반전은 여자애였다. 그때, 부랴부랴 한방이를 안고 조리원 담당자가 달려왔다. 기저귀를 갈면서 두 아이의 위치가 바뀐 것 같다고 연신 사과를 한 뒤 여자애를 데리고 나갔다. 아니나 다를까, 한방이는 여전히 눈을 꾹 감고 있었다. 한방아, 엄마의 이런 꼬락서니를 차마 눈뜨고 볼 수 없어서 네가 눈을 안 뜨는 거니?

이 남자, 테드의 둔함은 나를 뛰어넘는다. 회사에서 중대한 광고 프로젝트의 팀장 자리를 제안 받고 한껏 들떠서 집에 돌아온 테드. 그런데 아내 조안나는 어린 아들을 재워 놓고 줄담배를 피우며 남편을 기다리고 있다. 낯설고 싸한 공기를 그는 감지하지 못한다.

"나 떠나!" 조안나가 말하자 "저녁은 먹었어?"라고 묻는 테드. 재차 "나 떠나!" 하고 말하는 아내에게 테드는 늦게 와서 미안하니까 그만하라고 한다. 흔들리는 동공 속에서 이별의 향기 정도는 느꼈어야 하는데 테드는 어지간히 둔감하다. 아마도 매번 이런 식으로 조안나의 감정을 묵살해 왔던 모양이다. 눈에는 눈, 이에는 이, 고구마에는 고구마, 아내는 떠나는 이유를 제대로 설명해 주지 않은 채 가방을 들고 나가 버린다.

그동안 사랑하는 아내의 내적 갈등을 몰랐던 남자가 아들이라고 살뜰했을까. 이튿날 테드는 아들 빌리를 초등학교 앞에 데려다 주면서 묻는다. "너 몇 학년이지?" 애가 초1이란 것도 이제야 알게 된 너란 아빠. 아내만 가출한 게 다행이다. '갑자기 분위기 워킹대디'가 돼 버린 그는 회사와 가사, 사이에서 이번 생은 망했다는 기분이 훅 든다.

하루 일과는 이렇다. 빌리가 12첩 반상을 먹고 싶단 것도 아니고 고작 프렌치토스트를 해 달라는데 시꺼멓게 태워 버린다. 애를 학교에 데려다 주고 회사를 가니 수시로 지각, 회사 상사의 갈굼과 욕받이로 전락하고, 음주가무는 언감생심, 칼퇴의 아이콘이 되어 돌봄 교실로 똥줄 타게 달려간다. 집에 와선 밀린 회사일로 야근, 그러다 보니 늦잠, 또 지각. 그렇게 아내 가출 후, 15개월을 버티던 어느 날 집 나갔던 조안나가 등판한다. 한때 님이었으나 남이 되어 돌아온 그녀는 빌리를 데려가겠다며 양육권 전쟁을 선포한다.

자, 테드 입장에서 나쁜 제안은 아니다. 테드는 A4용지를 펼쳐 놓고 '빌리 양육의 장단점'을 써 내려간다. 아무리 쥐어짜도 장점은 한 개도 못 쓰겠고, 단점은 써도 써도 부족하다. 테드가 진지하므로 궁서체로 옮긴다.

빌리 양육의 장단점	
장점 :	단점 : 돈 든다 사생활 없다 회사 일에 지장 있다 사회생활이 없다 휴식이 없다 …

봐라, 답이 명확하게 나왔다. 정답은 '양육권 너나 가지세요!'
그런데 일부러 틀린 답을 쓰듯, 테드는 극한직업을 선택한다.
무슨 영문인지 기어이 조안나와 진흙탕 싸움을 하기로 맘먹는
다. 존경하는 재판장님 앞에서 테드는 자신이 빌리를 포기할 수
없는 이유에 대해 다음과 같이 말한다.

테드   지금 가장 중요한 건 우리 아들을 위해
　　　　무엇이 최선이냐는 겁니다.

　　　　아내는 이렇게 말하곤 했죠.
　　　　'왜 여자라고 남자처럼 야망이 없겠어?'
　　　　같은 이치로 묻죠.

단지 여자라는 이유만으로 좋은 부모가 되는 건가요?

전 뭐가 좋은 부모인지 많이 생각해 봤습니다.

일관성과 인내심이 있어야 하며 애 말에 귀를 기울이거나

그럴 수 없을 때는 듣는 척이라도 해야 합니다.

전 무슨 근거로 사람들이 감정에 있어선

여자가 남자보다 우위에 있다고 하는지 모르겠습니다.

저도 완벽한 아빠는 아니죠.

가끔은 인내심을 잃고 빌리가 애란 걸 망각하기도 하죠.

하지만 전 곁에 있어요.

아침을 먹고 얘기를 하고 같이 등교를 하죠.

밤엔 함께 식사를 하고 책도 읽어줍니다.

우린 함께 삶을 만들었고 서로 사랑하죠.

조안나, 당신이 그걸 망친다면 다시는 되돌릴 수 없을 거야.

제발 그러지 마. 한 번으로 충분하잖아.

테드는 이제 프렌치토스트도 한 손으로 척척 구워내는 달인이

되었다. 그리고 매사 엄마바라기였던 아들 빌리는 테이블에 그

릇과 포크를 알아서 세팅하는 새 나라의 어린이가 되었다. 웃프

게도 엄마보다 서툴고 둔한 아빠랑 사는 게 아들의 독립심을 키워 준 셈이다.

'어떤 사물을 사랑하고 그 사물에 대해 배우기 위해 시간을 투자해야만 그 사물의 진실을 바라볼 수 있다.'고 미국 작가 애니 딜라드는 말했다.* 아들이 몇 학년인지조차 몰랐던 둔감하고 무심했던 아빠는 15개월이라는 시간이 지난 후에 환골탈태한다. 꼬리에 꼬리를 무는 가사, 육아, 회사의 미친 사이클 속에서 부성애의 쓴맛과 단맛을 두루 맛보며 빌리에 대한 애착을 장착한 것이다.

테드의 말처럼 나도 고정관념 속에 있었다. 여자이기 때문에 모성은 기본 탑재되는 줄 알았다. 갓 태어난 아이를 가슴에 안을 때 모성은 이미 와 계신 줄 알았다. 하지만 가뜩이나 둔한 나 같은 캐릭터에게는 모성애라는 것도 더디 오더라. 전적으로 시간이 필요했다. 한방이의 태동도 못 느끼고, 아이 얼굴도 못 알아볼 만큼 둔감했던 나란 어미도 한방이와 살을 부비적대다 보니 적어도 녀석에게만큼은 초 민감한 어미로 변모해 갔다. 일평생

* 조안 엘리자베스 록, 『세상에 나쁜 벌레는 없다』, 민들레, 2004, 49쪽에서 재인용.

수면장애 없이 꿀잠인생을 살았던 내가 한방이의 뒤척임에 잠을 설칠 줄이야, 남편의 서라운드 코골이도 못 듣는 내가 한방이의 울음소리에는 자동 기립을 하게 될 줄이야.

1980년 국내 개봉 당시 포스터 카피는 이렇다. "온 미국美國과 전 세계 全世界를 징징 울린 화제작話題作 - 드디어 당신 앞에 왔다." 그때 아카데미 시상식의 최대 화제작은 할리우드 최고의 전쟁 영화라 손꼽히는 <지옥의 묵시록>이었다는데, 전쟁 중의 전쟁은 역시 집안전쟁이 아니던가. 이 영화가 최우수작품상, 감독상, 남우주연상, 여우조연상, 각색상까지 5개 부문을 석권해 버렸다. 특히, '더스틴 호프만'과 '메릴 스트립'의 연기대결이 숨 막히는데 조안나가 컴백한 뒤, 아들 빌리를 데려간다고 하자, 갑자기 테드가 마시던 와인잔을 조안나가 앉은 벽으로 던지는 장면이 있다. 이게 더스틴 호프만의 애드리브였다고 한다. 와인잔이 자기 얼굴 옆에서 깨지는 순간 메릴 스트립은 얼마나 철렁했을까. 그런데 그 상태로 연기를 마치고 컷 사인이 나서야 격분했다고 한다. 와, 더스틴 호프만 인성 문제 있어?

"우리 각자 잘하는 일에나 신경 쓰자고요"

이래라 저래라 '꼰대'들의 역습

누굴 가르쳐야 직성이 풀리는 DNA는 진화하면서 모든 인간에게 탑재된 것이 아닐까. 인류가 척박한 땅에서 살아남으려다 보니 노하우를 후대에 알려 주는 과정에서 꼰대 DNA가 자연스레 디폴트값으로 저장된 게 아닐까. 모든 분야에서 꼰대들의 활약은 지칠 줄 모르지만 유독 결혼과 육아 분야에 있어선 '꼰대 오브 더 꼰대'가 지리멸렬하게 존재한다.

그들이 좋아하는 장르는 '호러'다. 결혼하기 전 주로 들었던 소재는 시대의 흉포함과 그에 맞서지 못하는 있는 둥 마는 둥한 그림자 남편. 무엇보다 가난뱅이 시대과 밑천 없는 남편이야말로 빌런 중의 빌런이었다. 막 임신을 했을 때는 머지않아 닥칠 입덧과 출산의 고통에 대한 공포물을 눈앞에 그려 줬고, 만삭이 되었을 때는 노산의 위험과 건강하지 못한 아기를 낳을 가능성에 대해 열변을 토했다.

한방이를 유모차에 싣고 외출하면 어디선가 쿵쿵 인간 아기 냄새를 맡고 좀비처럼 그들이 나타났다. '왜 애를 이렇게 춥게 입혔냐! 혹은 왜 애를 이렇게 덥게 입혔냐!' 아우성이었다. 한방이가 걸음마를 떼다가 엎어지면 엄마가 돼서 자기 새끼 엎어졌는데 달려오지도 않는다고 혀를 끌끌 찼다. 시간제 보육 서비스를 신청했더니 순식간에 자기 커리어 생각만 하는 이기적인 엄마가 되었고, 한방이가 조금 더 크니 이젠 그 흔한 태권도, 피아노조차 안 가르치는 게으른 엄마로 둔갑했다. 그러니 한글과 영어는 일러 무엇하리오.

니예니예, 잘 알겠습니다요.
한방이를 혁신 초등학교에 보내는 것은 출산 전부터 생각했던 방향이었다. '19세기 교실에서 20세기 교육을 받은 선생님들이 21세기의 아이들을 가르친다.'는 말도 있지 않은가. 내가 받았던 것과 크게 다를 바 없는 방식의 수업을 아이에게 시키고 싶지 않아서였다. 그러다 경기도에 있는 작은 초등학교를 발견한 후, 서울에서 이사를 결심했을 때도 그들은 어김없이 나타났다. 몰라도 너무 모른다, 시대에 역행하고 있네, 결국 후회할 짓을 하는 거다, 나중에 아이가 부모를 원망할 거다 등등 한마디로 미쳤다는 얘기였다.

그들은 어디에나 있고 소재와 주제를 가리지 않았다. 초등학교 입학 즈음에는 엄마들의 단톡방과 커뮤니티에 대해 미리 주의를 줬다. 워킹맘인 걸 티내며 학교에 얼굴을 잘 비치지 않으면 바쁜 척한다고 손가락질 당할 것이요, 너무 자주 얼굴을 비치면 꼭 구설수에 오르게 될지니 발을 살짝 담근 채 있는 듯 없는 듯 생활하는 미덕이 필요하다고 말이다. 무슨 며느리 시집살이도 아닌데 장님 3년, 벙어리 3년, 귀머거리 3년 같은 느낌이었다.

'한 아이를 키우는 데 온 마을이 필요하다'보다는 '한 아이를 키우는 데 온갖 꼰대들의 참견이 필요하다'가 적절한 비유일지도 모르겠다. 육아전문가 싸대기를 후려칠 정도로 대단하신 분들이 사방팔방 넘쳐나는데 놀랍게도 그들이 가진 지식의 바탕은 '내가 겪어봐서 아는데…' 혹은 '내 지인이 그랬는데…'인 경우가 태반이다.

엄마를 키운 영화 속 멘토 ─────────

주노 맥거프(엘런 페이지)

미국 거주

이팔청춘 열여섯 살

왕성한 성에 대한 호기심으로

만삭 등교의 새 장을 연

청소년 임신 얼리어답터

'궁금한 게 많으면 수명이 짧아지는 법'이라고 영화 〈끝까지 간다〉에서 조진웅은 말한 바 있다. 중2병 후유증이 살짝 남아 있는 열여섯 살 주노는 섹스가 궁금하다. 첫 성경험 상대를 물색하던 와중에 딱 걸렸어, 순덩순덩한 남사친 블리커가 낙점! 키는 멀대같이 크나 깡마른 데다 얌전한 타입이어서 남성적 매력은 제로다. 그런데 말을 잘 듣는다. 주노는 블리커랑 콘돔도 없이 첫 거사를 치르는데, 아뿔싸! 두 달이 지난 어느 날 임신 테스트기에 명확하고 선명하게 뜬 수정 완료 표시줄! 이럴 때 쓰는 고급진 사자성어가 있다. '지인지조.' 지 인생 지가 조진다는 의미이며, '지팔지꼰.' 지 팔자 지가 꼰다는 뜻이다.

아빠와 새엄마와 함께 살고 있는 열여섯 소녀 입장에서 이 사실은 숨겨야 마땅한 일이다. 미성년자의 낙태를 도와주는 여성보호센터에 찾아갔더니 하필이면 그 앞에서 학교 친구가 낙태 반대 피켓 시위를 하고 있을 게 뭐람. "네 아기도 심장이 뛸 거야. 고통을 느낀다고. 그리고 손톱도 있어."라는 말을 듣자 주노는 낙태 대신 출산하기로 결심한다. 그리고 벼룩신문 입양광고를 보고 아기를 절실하게 원하는 어느 부부에게 입양 보내기로 약속한다.

점점 불러 올 배를 숨길 수도 없고 빼박 상황, 그날 밤 아빠와 새

엄마를 거실로 소환하고 선 임신 후 통보에 나서는 주노. 쉽사
리 입이 떨어지지 않는다.

주노   어떻게 말을 꺼내야 하나 모르겠어요.

새엄마   얘, 너 퇴학 당했니?

아빠   많은 돈이 필요한 거니?

주노   자비를 원해요. 저를 안 때리시면 정말 좋겠어요.

아빠   무슨 짓을 했니, 아가? 차로 누굴 치었어?

주노   임신했어요. 하지만 입양시킬 거예요.
             벌써 완벽한 부부도 찾았어요.
             그 사람들이 병원비 같은 거 다 대줄 거예요.
             10개월 후엔 없었던 일로 여기면 돼요.

딸아이 머리 끄댕이라도 잡고, 너 죽고 나 죽자 해야 한국식 막
장인데, 아메리칸 스타일이라 저세상 전개가 이어진다. 네일숍
을 운영하는 새엄마는 임산부의 건강과 손톱의 영양을 위해 비

타민을 챙기고, 진료날짜를 예약하겠단다. 그러자 아빠는 아기를 입양할 부모를 함께 만나러 가주겠다고 덧붙인다. 김혜리 기자가 이 영화의 한 줄 평에 '주노네 집에 입양되고 싶을 지경'이라고 쓴 이유를 알겠다.

워낙 체구가 왜소한 주노는 학교 복도를 걸을 때 덩치가 산만한 애들 사이를 비집고 걸어 다녀야 했는데, 남산만 한 배를 장착하자마자 홍해가 갈라지듯 복도에 길이 만들어진다. 만삭의 배를 안고 빠짐없이 등교하는 주노를 보자니, 멘탈이 좋구나보다는 어려서 좋구나 그런 생각이 먼저 들더라.

어찌 됐건 새엄마랑 초음파 검사를 하러 간 주노. 스크린에서 실루엣으로 아기가 보이자 누가 먼저랄 것도 없이 감격스러워한다. 그런 주노를 대책 없는 날라리쯤으로 치부하며 초음파 검사를 마친 담당자는 아기를 양부모에게 줄 계획이라는 얘기를 듣자 느닷없이 전지적 참견 시점으로 돌변한다.

담당자   여기서 십대 엄마들을 많이 봐요.
        아기가 자라기에는 해로운 상태라고 봐야죠.

주노   내가 유해한지 어떻게 알아요?
        만약 양부모가 흉악한 아동 학대범이면요?

새엄마	그들도 무책임할 수 있어요.
	어쩌면 내 멍청한 의붓딸보다 애 키우는 게
	더 형편없을 수도 있고요.
	당신 하는 일이 정확히 뭐죠?

담당자	저는 초음파 기사예요.

새엄마	난 손톱 기술자예요.
	우리 둘 다 잘하는 일에나 신경 쓰자고요.
	당신이 특별난 줄 알아요? 저 화면 하나 볼 줄 안다고?
	야간 학교로 돌아가서 진짜 필요한 거나 배우지 그래요?

와, 역대급 사이다 장면이다. 꼰대를 깨갱거리게 만드는 논리 정연한 반박! 그래, 우리 각자 자기가 잘하는 것만 하면 되는데, 왜 자꾸 남 일에 감 놔라 배 놔라 하게 될까. 물론 꼰대 논쟁에서 나만 쏙 밑장을 빼려는 건 절대 아니다. 내 왼쪽 손모가지를 걸고 밝힌다. 나 또한 장난 아닌 꼰대. 듣기보단 말하기 좋아하니 더 그렇다.

나의 주력 장르는 '희망고문'이다. 진로 전문가도 아닌데 남에게 자꾸 뭔가를 하라고 강추한다. 남이 가만히 있는 꼴을 못 보고 이거 해 봐라 저거 해 봐라 한다. 요리를 잘하는 지인에겐 블로그마켓을 오픈하라고 종용, 모델처럼 예쁜 지인에겐 인스타그램에 사진을 올리는 인플루언서 적극 추천, 글을 잘 쓰는 친구에겐 너야말로 책을 써야 한다고 들이댄다. 모르는 사람이 보면 헛바람만 잔뜩 불어넣는 허풍쟁이가 따로 없다. 자고로 공자는 '기소불욕己所不欲 물시어인勿施於人'이라 했다. 내가 원치 않는 것은 남에게 강요하지 말라고. 내가 기꺼이 나서서 도와 줄 것도 아니면서 이래라 저래라 하는 게 진짜 꼰대인 것이다.

갑자기 들이닥치는 꼰대를 막을 도리는 없지만, 적어도 내가 꼰대 되는 건 스스로 막아야 마땅하리라. 영화 〈생활의 발견〉에 이런 대사가 있다. "우리 사람 되는 건 어렵지만 괴물은 되지 맙시다!" 명심하자, 꼰대도 괴물의 한 유형이다.

16살의 주노를 깜찍하게 연기한 엘런 페이지는 당시 스무 살이었다. 최강 동안과 귀염뽀짝 외모로 세밀한 표정을 만들어 내는 그녀의 연기에, 감독은 메릴 스트립과 비교할 정도였다. 그런데 귀여운 꼬마 아가씨는 돌연 2020년 여성 '엘런'에서 남성 '엘리엇'이 되었다며 성전환 사실을 고백했다. 자신을 비추는 스포트라이트를 과감히 물리며 용기 있는 결정을 한 그를 보자니 영화 속 주노와 많이 닮았다는 생각이 든다. 심지어 자신

의 커밍아웃을 공개적으로 비난한 꼰대 목사에겐 "레즈비언인 것이 믿음

이 아니라고 쓰신 목사님, 제 영혼은 괴롭지 않고 전 자애로운 하나님 아

버지의 품속에 있고 싶지도 않아요. 여자 품이라면 오케이!" 라고 응수했

다니 이런 게 바로 핵사이다!

★ 루이 ★

"남이 얼마나 가졌나 보려고 남의 그릇을 보면 안 되는 거야"

그게 왜 하필 나죠?

진단 결과가 나왔다. 자궁경부 상피내암. 여의사는 자궁경부암으로 가는 총 4단계*의 길목을 예쁘게 그려가며 설명해 주었다. 세포가 변이하는 단계를 모두 지나셨고요. 지금은 자궁경부암 바로 직전 상피내암, 그러니까 자궁경부암 0기입니다.

네이버지식인을 숨 가쁘게 들락날락하며 얻은 결론이란 더 충격적이었다. 자궁경부암은 인유두종 바이러스(HPV 바이러스)로

*   자궁경부이형성증 1단계 - 2단계 - 3단계 (자궁경부상피내암, 즉 자궁경부암 0기) - 자궁경부암

인해 생기는 건데 '문란한 성생활'로 인해 발병할 가능성이 매우 높다!!! 어허, '문란한'??? 이 단어의 뜻이 내가 알고 있는 그거 맞는 건가? '무난한'이 아닌 거지? 막 이 남자 저 남자 가리지 않고 아무하고나 막, 원나잇스탠드도 하고, 막 그러는 거. 대애박.

세어 본다. 내가 성인이 된 이래 섹스한 남자라곤 남편 포함 다섯 손가락 안에도 못 미친다. 문란한가? 물론 기준에 따라 누구는 그렇게 볼 수도 있겠으나, 섹스 영화까지 찍은 애나벨 청마냥 내가 251명이랑 자고 그랬으면 납득이라도 할 텐데, 하루라도 섹스를 안 하면 거기에 가시가 돋을 정도의 중독이라면 순순히 수긍할 텐데, 어느 날 신점을 보러 갔더니 점쟁이가 보자마자 "너 아무하고나 자고 다니지 마라." 했다는 내 후배마냥 내가 섹스 자유의 여신이라도 되면 군말 않고 잠자코 있을 텐데.

2010년에서 2012년 사이, 영국과 미국에서 성관계 파트너 수에 관한 설문조사를 실시했다. 대상은 35세에서 44세 사이의 남녀였으니 얼추 내 또래다. 남자들의 경우 지금까지 섹스 파트너는 평균 14.3명이었고 여자들은 8.5명이었다. 대체로 남자들은 자신들의 성경험을 뻥 튀기는 경향이 있고 여자들은 숨기려고 하기 때문에 해당 평균치를 감안해서 봐야겠지만 어쨌거나 나보다 훨씬 많다. 해당 설문조사 결과를 보면 놀랍게도 영국과 미국 사람들 중에도, 섹스 파트너가 0명인 사람도 있고, 가장 압도적으로 많은 건 섹스 파트너가 1명인 사람들이다. 그러니 이 설문조사를 신뢰해 보기로 한다.

여하튼 중요한 건 나는 평균 이하라는 거다. 그런데 왜 내가? 보통 HPV 바이러스는 성관계를 한 남자를 통해 여자 자궁에 들어온단다. 이럴 수가! 일단 남편을 조진다. 어디서 헛짓거리를 하고 다닌 거냐? 해외 프로젝트를 할 때 딴 여자랑 자고 나한테 옮긴 거 아니냐? 몰아쳤다. 남편은 기가 차다는 듯, 자기가 해외에서 일할 때 내가 한국에서 딴 남자랑 자고 그런 거 아니냐고 반박했다. 창의적인 역공이라 하하하 웃다가 더 조져야 하는 걸 까먹고 말았다.

그렇게 이런 저런 뉴스를 뒤지다 알게 된 'HPV 바이러스에 대한 오해'

1. 일반적으로 성적 관계로 전파되지만 생식기 및 키스 등 피부 접촉을 통해 전염될 수도 있다.

2. 병원에서 실시하는 검사나 시술 과정에서 감염이 될 수도 있고 드물게

는 목욕탕 같은 공중 위생시설에서 감염될 수도 있다.

3. 전체 인구의 80%는 한 번쯤 HPV 바이러스에 감염된다.

4. HPV 바이러스는 약 200여 종류가 있고, 이 중 약 40가지 유형이 생식
기 영역에 영향을 미친다.

5. 감염되면 무조건 암에 걸리는 건 아니다. 40가지 유형 중 13가지 고위
험 형이 자궁경부암, 구강암 등을 유발한다.

어쨌거나 HPV 바이러스가 내 몸 안에 비활성인 상태로 잠복해
있었고, 한방이를 임신하고 낳는 과정에서 몸의 면역체계가 바
뀌며 활성화된 것이다. 그렇게 확신하는 이유는 초기단계인 자
궁경부이형성증 1단계부터 상피내암까지 대체로 4년이 소요되
는데, 내가 진단받았을 때 한방이가 네살이었기 때문이다.
해당 바이러스와 병에 무지했던 나는 일단 절망부터 하고 봤다.
왜 내가 이딴 병에 걸려야 하는가. 곧이어 원망이 뒤따라 왔다.
하필 하고 많은 사람들 중에 왜 나인가? 아 된장!

루이는 두 딸을 둔 아빠다. 이혼한 아내와 아이들을 번갈아 돌
볼 때마다, 어김없이 '딸바보'가 된다. 딸들 때문에 '미추어 버

루이(루이 C. K.)

미국 거주

F로 시작되는 단어성애자

누구는 평생 쓸 욕을 하루 만에 소진 가능한 욕부자

욕의 구성 요소는 유머 반, 짜증 반

린'다는 얘기다. 루이는 고질병을 앓고 있는데 이른바 '노필터병'이라고, 말이 뇌를 거치지 않고 필터 없이 바로 나가 버리는 스타일이다. 어느 날, 아홉 살인 언니 릴리와 다섯 살인 동생 제인을 데리고 수영장에 놀러 갔는데, 유독 겁이 많은 다섯 살 제인이 아빠 다리를 붙잡고 떨어지지 않는다. 고작 물이 가슴께 높이인 수영장에서 빠져 죽을 것 같다느니, 상어가 나타나 잡아먹을 것 같다느니 호들갑이다. 참다못한 루이가 한마디 한다.

루이	그냥 서 있어 봐. 괜찮다고!
	아빠가 왜 너한테 거짓말 하겠니?
	만약 아빠가 진짜 널 죽이고 싶었으면
	너 잠들 때까지 기다렸다가
	4분 만에 끝낼 수 있는데 말야. 그치?
	너 죽이기 이렇게 쉽다.

아이들에게도 말을 그냥 뱉어 버리는 스타일이다. 루이는 최소 스트레스는 없을 것 같다. 대체로 악다구니를 아무렇지도 않게 쏟아내는데, 때로는 실제로 전 세계 SNS에서 화제가 된 명대사를 제조할 때도 있다.

주방에서 정신없이 요리하는 루이가 숙제하라고 잔소리를 늘

어놓는다. 재빨리 아홉 살 릴리는 테이블에 착석하는 이쁜 짓을
한 뒤, 루이에게 하나 남은 망고팝을 보상처럼 받아먹는다. 곧
이어 쪼르르 달려온 제인이 자기도 망고팝을 달라고 조른다. 어
쩌나, 망고팝이 없는데.

제인   릴리는 망고팝 받았는데 난 못 받았잖아 불공평하다고.

루이   세상은 절대 공평하지 않아.

       네 인생에 그런 일은 절대 일어나지 않을 테니

       지금 알아 둬, 알았지?

제인   릴리는 망고팝 받았잖아.

루이   방금 릴리는 운이 좋았던 거야. 넌 특히 운이 없었던 거고.

       나중엔 너도 운이 좋을지 모르지.

제인   완전 불공평해. 아빠 불공평쟁이야.

루이   넌 다른 사람이 받는 거에만 관심이 있구나.

       잘 들어, 네 이웃의 그릇을 쳐다볼 오직 한 가지의 이유는

       그 사람이 부족하지는 않나 확인할 때밖에 없어.

네 이웃만큼 가졌는지 확인하려고

남의 그릇을 보면 안 되는 거야.

루이의 말처럼 내게 벌어진 불운을 우연으로 받아들일 수 있다
면, 그리고 '왜 남들은 걸리지 않는데'라며 남의 그릇을 훔쳐보
는 어리석음을 반복하지 않는다면 삶은 조금 더 지혜로워지겠
구나. 그리고 남들이 내가 가진 것보다 적게 가진 게 아닐까 세
심하게 살핀다면 세상은 조금 더 넉넉해지겠구나. 그렇구나.

단 하루 입원이었지만, 병원에서의 밤은 길었다. 병실을 배정
받았는데 704호였다. 순간 704라는 숫자가 '7 or 4'로 읽혔
다. '74'는 내가 사랑하는 '김경문'* 감독의 등번호다. '행운의
7번'과 '불운의 4번'을 합친 것으로, 야구를 하다 보면 좋을 때
도 있고 나쁠 때도 있다는 의미라고 했다. 그래, 건강할 때도 있
고 병에 걸릴 때도 있는 거지. 아무렴 그렇지 그렇고말고. 아무
리 좋은 마음을 가지려 해도 잘 되지 않았다.

＊　내가 사랑하는 야구팀 두산베어스의 전 감독. 2008년 베이징올림픽 당시 국가대표 야구
팀 감독을 맡아, 9전 전승 금메달로 이끈 명장. 베이징올림픽 당시 자신의 등번호 '74'에
대해 인터뷰로 밝힌 바 있다.

자궁경부에서 이상조직을 제거하는 원추절제술은 의외로 간단했고, 수술은 별 탈 없이 금세 끝났다. 하지만 자궁보다 시급한 건 그 위쪽에 있는 마음이었다. 계속 '왜 하필 나인가?'라는 의문이 풀리지 않았던 거다.

그러다 배우 박신양의 러시아 유학 당시 에피소드를 보았다. 유학 생활이 너무 힘들어서 "선생님, 나는 왜 이렇게 힘든가요?" 러시아 교수에게 물었더니 시집을 한 권 건네 주더란다. 그 시집엔 "왜 당신의 인생이 힘들지 않아야 한다고 생각하십니까?"라고 시작하는 시 한 편이 있었다고 한다. 여기서 1차 충격.

나아가 고故 박완서 작가의 일기 『한 말씀만 하소서』는 명쾌한 답을 주었다. 갑자기 교통사고로 막내아들을 잃고 매일을 온몸으로 울며 작가는 하느님을 원망한다. '하느님도 너무하십니다. 그 아이는 이 세상에 태어난 지 25년 5개월밖에 안 됐습니다. 병 한 번 치른 적이 없고, 청동기처럼 단단한 다리와 매달리고 싶은 든든한 어깨와 짙은 눈썹과 우뚝한 코와 익살 부리는 입을 가진 준수한 청년입니다. 걔는 또 앞으로 할 일이 많은 젊은 의사였습니다. 그 아이를 데려가시다니요. 하느님 당신도 실수를 하는군요. 그럼 하느님도 아니지요.'

그러다 어느 작은 수녀원에서 실마리를 얻게 되는데, 젊은 수녀 하나가 일탈을 밥 먹듯 하는 남동생 때문에 가족 모두가 괴로운 나날을 보내자 '왜 하필 내 동생이 저럴까?' 생각했다가, '내가 뭐관데… 내 동생이라고 저러면 안 되란 법이 있나?' 생각을 고쳐먹었다는 얘기였다. 그 후, 박완서 작가는 '왜 하필 내 아들을 데려갔을까'라는 집요한 질문과 원한을 '내 아들이라고 해서 데려가지 말란 법이 어디 있나'로 바꿔 생각하면서 괴로움의 동굴에서 빠져나오게 된다. 나 역시 '왜 하필 나인가?'라는 우매한 절망과 원망을 그렇게 다스릴 수 있었다. '왜 나면 안 되는가? 그럼 남은 그렇게 돼도 되는가?'

씬의 한 수

<럭키 루이>라는 시트콤이 있다. 아빠 루이와 엄마, 딸로 이루어진 단출한 세 가족이 이웃, 친구들을 만나 벌어지는 상황들이 20분 동안 펼쳐진다. 관객을 앞에 두고 실시간으로 진행되는 공개 '성인' 시트콤이라, 내 조국에서는 상상도 못할 장면이 눈앞에서 펼쳐지는데 글쎄, 아랫도리를 덜렁거리며 친구가 욕실에서 나오기도 한다. 어느 에피소드에서는 앳된 엠마 스톤이 늙은 유부남이랑 같이 살겠다고 떼쓰는 열여섯 소녀로 카메오 출연하기도 할 만큼 수위가 높다. 짧은 러닝타임을 'Fuck'으로 시작해서 'Fuck'으로 끝내긴 하지만 나름 유머도 있고 해학도 있다. 다만, 임산부나

노약자는 기피하는 게 좋을 것 같긴 하다. 알게 모르게 마니아층을 확보했으나 달랑 13화를 끝으로 HBO 편성표에서 영영 지워졌다. 그 후, 주인공 '루이'로 출연한 루이 C.K.가 직접 제작, 감독, 작가, 주연까지 맡아 FX에서 새로 편성 받은 게 <루이>이고, 시즌 5까지 방영됐다.

"삶도 결혼도 심심하지만
그게 멋진 거예요"

화려했던 싱글이여, 이젠 안녕!

이탈리아 피렌체 여행을 할 때, 민박집 주인 언니가 내게 물었다. "왜 한국 사람들은 여행을 와서까지 구태여 '○○대 학생'이라거나 '○○그룹 회사원'이라고 자기를 소개하는 거야?" 영화나 드라마에서 나올 법한 내공 있는 민박집 언니였다. 그러게, 성별이나 나이, 직업 등등 나라고 믿었던 모든 게 무의미해지는 게 여행인데, 조국을 떠나 자유로운 영혼이 된 와중에도 자신의 일부분을 사우스코리아 어디쯤에 묶어 두는 심리는 뭘까? 그러면서 생각했다. 그럴듯한 배경에 기대지 않고, 그럴싸한 설명을 보태지 않은 채 오롯이 자신을 소개하는 방법은 뭘까?

"저는 아무개 엄마고요. 푸르지오 아파트에 살아요."
"저는 아무개 엄마고요. 박사 출신이고요. 네미안 아파트
에 살아요."

몇 년 전, 절친 L은 유치원 엄마들과 첫 모임을 가졌다. 그런데
자기소개에 왜 아파트 브랜드명을 말하는지 모르겠고, 개중에
는 아무도 안 물었는데 자신이 '박사'라는 것을 강조한 엄마도
있었다고 했다. 웬일이니? 별꼴을 다 보겠다야! 뒷담화에 열을
올리다가 문득, 하기야 아파트에 사는데 굳이 동네 명을 얘기하
는 것도 이상하잖아? 그리고 그 자리에서 같은 아파트 사는 엄
마를 만나면 더 반갑고 관계 맺는 것도 자연스러울 테고! 또 '박
사'라고 밝히는 게 뭐가 어때서? 그냥 엄마 아니고, 사회적으로
인정받는 커리어를 가진 엄마라는 명함을 내세우고 싶다는데
뭐. 괜히 아파트에 안 살고 박사 아닌 내가 열폭한 거네. 그래,
그래. 늘 지하 암반수 찾듯 자존감의 바닥을 확인하는 결론이
란. 쩝.
엄마들에게 담백하게 자기소개 하기는 꽤나 어려운 일이다. 결
혼 전 줄기차게 불렸던 이름 석 자 대신 아이 이름이 엄마의 호
칭이 되고, 사는 동네랄지 아파트 브랜드명이 엄마의 생활수준

이나 삶의 방향성을 대신한다. 차라리 때와 장소에 맞는 '엄마 자기소개 매뉴얼'이라는 게 있음 좋겠다 싶을 때도 있다.

인스타그램에 나는 '1000juna'라는 이름 아래 '방송작가, ○○ ○초등학교 학부모, 독립잡지 〈노처녀에게 건네는 농〉* 발행인 겸 편집인'이라고 썼다. 이름과 직업, 교육관, 그리고 내가 만든 '부캐'까지. (센스 있으시네요. 빠른 팔로우 감사드립니다!) 소개 글만 봐도 나는 '한방이 엄마'로 통치고 싶지 않은 대단한 자기애의 소유자인 게 확실하다. 임팩트 있고 유머러스한 문장을 고민 안 한 건 아니지만, 근래에 본 가장 호감 가는 자기소개 '제주에서 혼자 살고 술은 약해요'**를 따라갈 수 없어서 포기했다. 고작 베끼는 수준으로, 경기도에서 셋이 살고 말술 좀 해요.

학부모들과 처음 만났을 때 나는 "한방이 엄마 말고, 제 이름으로 불러 주시면 안 돼요?"라고 부탁했다. 게다가 '아무개 엄마예요.'라고 아이 이름으로 자신을 소개하는 엄마들에겐 "본인

---

* 자비로 만든 독립잡지로 2012년 창간호에 이어 4호까지 발간했다. 39쪽 참고.
** 이원하 시인의 시집 제목(문학동네, 2020)

마를로(샤를리즈 테론)

미국 거주

계획에 없던 셋째까지 낳아 핵가족 대신

헬가족을 연 장본인

한때 분노의 도로를 질주하던 전사에서

홀로 육아전쟁의 최전선을 지키는 중

이름은 어떻게 되시는데요?" 굳이 따져 되묻기도 했다. 하지만 '아이'를 중심에 둔 학부모 사이에선 피차 '아무개 엄마'로 명명하는 게 편한 매뉴얼이더라. 그래서 학부모들 사이 내 이름은 '한방맘', '한방이 엄마', '한방이 언니'가 되었다.

불리다 보니 익숙해졌으나 늘 개운치 않은 느낌이 있다. 내 이름은 따로 있는데, 진짜 얼굴을 감춘다는 느낌이기도 하고, 내가 만들어 온 세계가 휘발되는 느낌이랄까. 나는 '한방이 엄마' 이전에 나만의 삶을 구축해 온 여성이고, 엄마로 살기 시작한 시간보다 내 이름 석 자로 지낸 시간이 훨씬 길기 때문일 것이다.

세상은 독박육아를 해 본 자와 안 해 본 자로 나뉜다. 해 본 자는 육아의 그 험준하고도 척박한 고난의 길을 걷는 데 어떤 각오가 필요한지 안다. 독박육아에 이골이 난 마를로에겐 초딩 딸과 유치원생 아들이 있는데, 어쩌다 계획에 없던 셋째를 임신했다. 그나마 말귀 알아듣는 사람 새끼로 키우기까지 대략 5년이 소요되니, 마를로는 이제 막 고비를 넘기고 숨통이 트일 시점이었다. 그런데 왜 또다시 그 고통의 가시밭길로 되돌아가시려는 겁니까, 네?

그러니까 마를로는 맷집이 좀 되는 스타일이다. 출산이 임박해서야 사무실에 휴직계를 낼 만큼 웬간해선 힘들다 불평하지 않는다. 그런 와중에 둘째아들은 주의력 결핍장애인지 불안장애인지 유치원에서 적응불가 판정을 받았다. 여기에 갓난아기까지 추가되면 집안 꼴이 자알 굴러갈 듯해서, 보다 못한 갑부 친오빠가 아기를 케어할 '보모 고용비'를 자동결제 해주겠다고 한다. 앗싸! 하고 덥석 받으면 좀 좋아, 그러나 마를로는 아기 키우는 걸 남에게 '하청'줄 수 없다고 말한다. 아이고, 아웃소싱 좀 하면 어때서!

셋째는 딸이다. 마를로는 아이를 낳자마자 병실에 누워서 얼음을 아그작아그작 씹어먹는다. 출산기계 같은 서양 언니 클라스 보소! 조리원도 건너뛰고 바로 일상으로 컴백한 애 셋 엄마의 짠내 나는 하루! 지금까지 이런 육아 씬은 없었다! 이것은 영화인가, 다큐인가!

미드 〈섹스 앤 더 시티〉에서 아기 유모차에 딜도를 켜둔 것만큼이나 획기적인 장면이 여기도 나온다. 달달거리는 세탁기 위에 아기 바구니를 올려 두고 마를로는 쪼그려 앉아 쪽잠을 잔다. 그런데 '육퇴'(육아 퇴근) 없는 그녀 앞에서 '칼퇴'한 남편은 버젓이 헤드폰으로 귀 막고 게임에 몰두한다. 그러니까 마를로는 남편까지 도합 애 넷을 건사하는 거다. 결국 극한직업의 한계를 체감한 마를로는 육아 아웃소싱을 결심한다. 드디어 야간 보모

'툴리' 입장!

툴리   저는 엄마를 돌봐 드리러 왔어요.

마를로   아기를 돌보러 온 줄 알았는데요?

툴리   네, 그 아기가 엄마예요.
세상에 나온 지 3주나 됐지만
아직까지 엄마 몸의 연장선이에요.

청바지에 배꼽이 훤히 보이는 손바닥만 한 티때기를 입고, 아기 안다가 꺾일 것 같은 가느다란 손모가지로 툴리는 밤새 기적을 행한다. 엄마를 케어한다는 공약대로 밤새 8년 묵은 바닥의 때를 벗겨내는가 하면, 말끔하게 집안 정리정돈 클리어! 화병에 꽃도 꽂아 두고, 컵케이크까지 구워 놓는 여유! 이가 없으면 틀니, 엄마 대신엔 툴리!

가만 보니, 남편 포함 애 넷을 키우는 데 두 명의 엄마가 필요하다. 그것도 〈매드 맥스: 분노의 도로〉의 퓨리오사와 〈터미네이터: 다크 페이트〉의 사이보그 전사 그레이스까지. 전사 두 명이 달라붙어야 할 만큼 가공할 영역입니다요. 육아는요.*

툴리 덕에 마를로는 잊고 있었던 인간다움을 주섬주섬 챙기기 시작하는데 아뿔싸! 갑자기 육아 하청 직원, 툴리가 일방적 퇴사 의사를 밝힌다.

툴리   앞으로는 일 못해요.

마를로   그래요. 대단한 계획이 있겠죠. 20대는 꿈만 같아요.

그러다 새벽 쓰레기차처럼 30대가 다가오죠.

그리고 그 앙증맞은 작은 엉덩이와 발이

임신할 때마다 반 사이즈씩 커지고

이 자유로운 영혼도 매력이 사라지죠.

그러고는 외모도 추해져요.

툴리   그런 미래 겁 안 나요.

실패한 삶이라고 생각하겠지만 오히려 꿈을 이루신 거예요.

마를로   무슨 꿈?

---

*   마를로 역의 샤를리즈 테론은 한때 〈매드 맥스3〉의 퓨리오사였고, 툴리 역의 맥켄지 데이비스는 〈터미네이터: 다크페이트〉의 그레이스였다.

툴리 그렇게 싫어하는 단조로움요.

가족들에겐 선물 같은 거예요.

매일 일어나서 가족에게 같은 일을 해주는 것.

삶도 심심하고 결혼도 심심하고 집도 심심하지만

그게 멋진 거예요. 그게 대단한 거예요.

별 탈 없이 성장해서 아이들을 안정적으로 잘 키우는 일.

※ 이 영화의 결정적 반전이 펼쳐지니 스포일러를 감당할 용자만 계속 읽어 주
세요

단조롭고 심심한데 멋진 일이라고, 곧 육아를 박차고 나갈 사람
이 말한다. 이게 말이냐 당나귀냐, 마를로는 오늘 세상의 모든
술을 다 마실 기세다! 그렇게 진탕 술을 마신 후, 마를로는 저승
행 운전대를 스스로 잡았다. 불행 중 다행으로 차와 함께 강으
로 추락해 병원에서 눈을 뜬 그녀, 여기서 갑자기 장르가 호러
로 바뀐다! 원무과 직원이 남편에게 마를로의 결혼 전 성씨를
물어본 것인데, "툴리요, T-U-L-L-Y."

어떻게 된 거냐면, 남편 드류 모로와 결혼하면서 '마를로 모로'
가 된 그녀는 결혼 전, '마를로 툴리'였던 것이다. 독박육아의
고단한 현실에서 기댈 곳이라곤 자신밖에 없었던 마를로가 자

기 인생 중 가장 쌩쌩했던 결혼 전으로 셀프 빙의했던 셈이다. 일생의 과업이 육아인 듯, 주간엔 마를로로, 야간엔 툴리로 하얗게 자신을 불태웠다.

〈센과 치히로의 행방불명〉에서 치히로는 이름을 마녀 유바바에게 뺏기고 대신 '센'이라는 이름으로 불리게 된다. 자신의 이름을 기억하지 못하면 진짜 자신의 모습으로 돌아갈 수 없는 가혹한 미션이다. '툴리'는 셋째 아이를 낳은 시점에서 마를로가 반드시 기억해야 할 이름이었던 것일까. 아니면 이젠 그만 기억에서 지워야 할 이름이었던 걸까.

툴리　　나무로 만든 배가 있어요.

　　　　매년 널빤지 하나씩을 교체한다고 쳐요.

　　　　결국은 모든 널빤지를 교체하게 되겠죠.

　　　　원래 부품은 하나도 안 남아요.

　　　　그럼 같은 배일까요? 아니면 새 배일까요?

마를로　새 배죠. 똑같은 게 없으면 새 배예요. 새로운 배.

툴리　　좋아요. 그럼 사람은요?

　　　　대부분의 세포가 태어난 후로 끊임없이 분열 재생하잖아요.

마를로   원래 부분이 없다면 내가 아닌 게 되겠죠.

어쩌면 엄마라는 이름은 '새로운 배' 같은 건 아닐까. 그리고 끝끝내 부여잡고 있었던 마지막 널빤지는 '툴리'이고 말이다. 아이를 둘 낳았지만 여전히 '툴리' 시절에 발 하나를 걸치고 있었던 마를로는 아이 셋을 둔 '엄마'라는 이름이 아직도 낯설다. 엄마가 된 시간보다 툴리로 살았던 시간이 더 오래니까 어쩔 수 없지 않나.

술에 취한 마를로가 강물에 빠져 사경을 헤매던 그때, 환영처럼 인어가 된 툴리가 헤엄쳐 와 안전벨트를 풀어 주는 장면이 있다. 한때 인어였으나 목소리를 내어 주고 두 다리를 갖게 된 게 마를로일지도 모르겠다. 자유롭게 유영하듯 삶을 살았던 '툴리' 입장에서 보면, 결혼과 육아는 자신의 목소리를 내어 주고 단조롭고 심심하게 사는 것일 수 있다. 그러나 그 삶은 실패와는 거리가 멀다. 목소리를 갖느냐 아니면 다리를 갖느냐의 문제니까.

예쁘고 날씬하고 젊고 탱탱하고 생기발랄하고, 허리라는 게 있었던 계집애, 새로운 삶에 대한 동경으로 설레던 스물여섯의 툴리! 마를로는 돌아갈 수 없는 그 시절의 '툴리'와 비로소 작별을 한다. 인생을 온전히 자기 힘으로 꾸려 나갈 수 있을 것 같아서 하청 따위 사절했던 자신만만했던 스스로와의 작별일 수도 있다.

나 역시 엄마 이전의 나와 사이좋게 헤어질 날이 오리라 생각한다. 내가 되고자 했던 것, 하고자 했던 것, 가지고 싶었던 것, 그 모든 것들을 평화로이 보내 줄 수 있게 되면 비로소 엄마라는 이름에도 익숙해지겠지.

씬의 한 수

크리스찬 베일과 더불어 '할리우드 육체의 연금술사' 양대 산맥은 샤를리즈 테론 언니! 신이 내린 몸매와 미모를 셀프 디스하는 데 중독된 듯, 살을 불렸다가 뺐다가 눈썹을 밀었다가 여신 강림했다가 그야말로 난리 났네, 난리 났어! 아침엔 햄버거와 밀크셰이크 두 잔, 쉴 새 없이 감튀를 먹고, 자는 동안 살 빠질까 싶어 새벽 2시에 마카로니와 치즈를 먹으며 22.7kg을 증량했단다. 진심으로 리스펙트한다. 더 놀라운 점은 그녀가 1년 반 동안 미친 듯이 체지방을 태워 원래 몸매로 돌아갔다는 점이다. 하아! 우리 남편은 결혼 전 사진을 볼 때마다 잠깐 스치듯 만났던 모르는 여자라고 놀려 대는데, 그 시절의 나로 다시 한 번만 빙의해 봤으면.

3부

부모 선택권이 있다면
너는 내게 왔을까?

"나는 그저 우리가 함께하기만을 원했는데"

부모라는 이기적 울타리

20년 동안 전 세계를 유랑한 부부가 있다. 아르헨티나에 살던 '잽' 부부는 결혼 6년차였던 2000년 1월 25일, 달랑 3천 유로를 들고 여행길에 올랐다. 최고 시속이 고작 50㎞인 1928년식 낡아빠진 골동품 같은 자동차를 타고서 말이다. '하고 싶은 일이 있으면, 즉각 해야 한다!'는 할아버지의 말씀을 남편이 칼같이 떠올리며 시작된 여정이었다. 처음엔 그저 아르헨티나에서 알래스카까지 6개월 돌고 컴백하자 했다. 그런데 막상 목적지에 다다르고 보니 6개월이 너무 휙 지나간 느낌이었던 걸까. 한

번 놀아 보니 죽 놀고 싶고, 돌아가 회사에 복직하자니 죽기보다 싫고, 뭐 그랬던 게 아니었을까. 사람 마음이란 게 지금은 맞고 그때는 틀렸더라.

두 사람은 계속 떠나기로 한다. 모든 대륙을 넘나들었다. 2010년에는 뉴질랜드에서 배를 타고 우리나라에 도착, 아시아 여행을 시작했다. 출발 당시 가족이라곤 둘뿐이었는데 여행하는 동안 국적이 서로 다른 아이 넷 추가, 여섯 식구가 되었다. 큰아들은 미국, 둘째아들은 아르헨티나, 셋째인 딸은 캐나다, 그리고 막내아들은 호주에서 태어났다. 그렇게 다국적 가족은 아르헨티나를 떠난 지 20년이 지나서야 출발선으로 돌아왔다. 시작은 미약했으나 끝은 그들조차 믿기 힘들 만큼 창대했다.*

여행 중 아내는 수채화를 그려 팔고, 남편은 여행기를 책으로 출간했다. 길에서 만난 사람들은 대체로 호의적이어서 그들의

---

*   일명 잽 패밀리Zapp Family 라고 불리는 가족. 허먼과 칸델라리아 부부가 여행하면서 쓴 『Atrapa tu sueño』 '당신의 꿈을 잡아라'가 영미권에서는 『Spark your dream』으로, 우리나라에서는 『세상 밖으로 배낭을 꾸려라』라는 제목으로 출간된 바 있다. 아이들은 Pampa(2003년생), Tehue(2005년생), Paloma(2008년생) 그리고 Wallaby(2009년생)이다. 부부는 유튜브 채널을 운영 중이며 여행의 기록들을 공유하고 있다. 인스타그램도 있다. @familliazappfamily

꿈을 응원하고 지지해 주었다. 심지어 잠자리와 식사도 대접했다. 그럼 아이들의 생활은 어땠을까? 네 명의 아이들에게 학교는 여행하며 만나는 세상 그 자체였다. 아프리카 세렝게티 공원에서 진짜 자연을 배우고, 미국의 케이프 캐너배럴 기지에선 로켓 발사를 목격하며 첨단 과학을 체감한다.

와, 사람이 한 번 태어나 살다 죽는데 이렇게 살아 봐야 하는 거 아닌가 하는 생각이 들면서 잽 부부에게 제대로 잽을 얻어맞은 기분이 드는 것이다. 그런데 잠깐! 의문이 생긴다. 일단 부부는 기약 없이 늘어난 여행에 대해 서로 합의를 했다. 물론 떠난 지 20년 만에 멈추게 될 줄은 미처 몰랐겠지. 하지만, 길 위에서 태어난 아이들은 어떤가. 아이들의 동의를 얻었을 리 만무하다. 그것도 한 명이 아니라 네 명의 아이들이 모두 여행을 좋아하는 기질을 타고 나기란 어렵지 않은가. 아이들은 부모의 뜻대로 계속 떠나야 하는 일상을 납득했을까.

내 주위에도 그런 분이 계셨다. 굉장히 자유분방한 부모를 만나 초등학교 저학년 때 1년을 통째로 할애해 해외여행을 떠났고, 중학교 때도 1년 동안 해외여행을 했단다. 그런데 돌아오면 동갑인 친구들은 다른 학년이 되어 있었고, 자신은 1년을 꿇은 꼴이 됐다. 초등시절과 중등시절 합쳐서 도합 2년을 꿇은 셈이

대니 포프(리버 피닉스)

정해진 거처 없이 도피 중
15년째 국가 보안당국에 쫓기는 프로신념러
부모 덕에 신분 세탁을 조기 교육받고
눈치와 줄행랑을 빠르게 습득한 인재
하지만 위장이나 변장으로는 도저히 가려지지 않는
폭풍간지남

다. 친구들과 지속적인 관계 맺기가 어려운 건 둘째 치고 부모님의 세계관이 자신과는 맞지 않았다고 그분은 회고했다. '부모님이 나를 남들처럼 평범하게 키웠더라면 어땠을까' 서른을 목전에 둔 성인이 되고서도 그녀는 종종 그런 생각에 사로잡힌다고 했다.

세상에는 두 종류의 사람이 있다. 간지라는 것을 타고난 자와 아닌 자! 리버 피닉스가 죽기 5년 전에 찍은 이 영화를 보면 내 말에 전적으로 공감하게 될 것이다. 아니, 사람이 자전거를 저렇게 탈 수도 있나! 안경을 저렇게도 벗을 수 있다니! 심지어 머리카락을 저렇게 넘기는 건 본 적이 없다! 러닝타임 내내 간지라는 것이 폭발한다. 심멎과 숨멎을 번갈아 하며 심장에 무리가 오는 경이로운 경험을 한 번쯤 해보라. 리버 피닉스 찬양은 용비어천가만큼이나 길게 밤새도록 할 수 있지만, 각설하고 본론으로 들어간다.

대니는 방과 후 자전거를 타고 집으로 오는 길에 수상한 차들을 목격한다. 평범한 일반 고딩이라면 절대 모르고 지나쳤겠지만 대니는 이런 쪽으론 도가 텄다. 미행이 붙거나 감시하는 자들을 가려내는 추격자 민감 센서를 부모에게 조기 교육 받았기 때문.

한때 그의 부모는 명분 없는 미국의 베트남전을 반대하며 군사 연구소를 폭파한 열혈 반전 운동권이었다. 인명 피해 없이 무기만 폭파하려 했지만, 경비원 한 명이 사고로 실명하고 온몸이 마비돼 버린다. 잡히면 철창 안에서 임종을 맞을 것 같아 젊은 부부는 그대로 도주한다. 그런데 쫓기는 긴박한 와중에도 격정적 사랑은 식을 줄 몰라, 큰아들 대니와 둘째아들 해리가 태어났다.

한곳에서 오래 머물면 꼬리가 잡히기 마련, 가족은 6개월마다 다른 곳으로 야반도주를 한다. 이름을 바꾸고, 머리카락도 염색하고 심지어 콘택트렌즈로 눈동자 색깔마저 바꾼다. 대니의 이름은 '리처드 맥낼리'에서 이번엔 '마이클 맨필드'가 되었다. 그런데, 전학 간 고등학교의 음악쌤이 대니의 놀라운 피아노 실력을 알게 된다. 도망치는 와중에도 낡은 키보드로 엄마에게 배운 탓이다. 결국 음악쌤은 대니에게 줄리아드음대를 추천하고 줄리아드에서는 대니가 오기만 한다면 장학금도 줄 태세다. 하지만 곧 야반도주해야 할 상황이니 대니는 셀프 포기. 사정을 알 턱 없는 음악쌤은 대니 엄마를 설득하고, 부부는 난생처음 난관에 봉착한다.

엄마	대니가 대학에 지원했대, 줄리아드! 가면 안 돼?

아빠	공항 라운지에서 10분간 만나고 FBI가 따라다니길
	바라는 거야? 그것도 평생?
	우리 부모님처럼 공중전화 부스나
	빨래방에서 통화하길 원해?
	연락책을 통해서 소식 전하고?
	그건 안 돼.
	그 애가 대학에 가면 다시는 못 볼 거야.
	난 절대 그렇게 못 해.

엄마	이런 일은 전혀 생각해 보지도 않았어.
	세상에, 너무 멍청했어.
	나는 그저 우리가 함께하기만을 원했는데.
	우리가 애들한테 무슨 짓을 하고 있는지 봐.
	평생을 범죄자처럼 살고 있잖아.
	애들은 아무 잘못도 없는데 이건 불공평해.
	우린 자수해야 돼.

아빠	15년간 감옥에 갇혀서 철창 너머로 애들을 보려고?

| 엄마 | 대니는 이제 다 컸어, 우리가 보내 줘야 해. |

대니 아빠는 자신의 어머니가 돌아가셨다는 사실도 한 달 뒤에야 들었다. 15년간 범죄자로 쫓기다 보니 만날 수가 없었다. 자칫 하다간 FBI에게 들키기 십상, 늘 운동권 조직원들을 통해 소식을 전하고 받는 식이었다. 그런데 막상 자신이 부모가 되고보니 자식을 못 본다는 건 상상할 수조차 없는 일이다. 대니의 앞날이고 뭐고 품안에 두고 싶은 욕심만 든다.

그런 와중에 조직원 한 명이 FBI에 잡혔다는 뉴스 속보가 뜨자, 아빠는 가족들에게 당부한다. 주위 사람들이 눈치 채지 못하게 평소처럼 잘 마무리하고 접선장소에서 만나자고. 대니는 부랴부랴 자전거를 타고 가족들이 기다리는 텅 빈 공터에 도착한다. 그런데, 예고도 없이 아빠는 대니에게 정처 없이 떠나는 삶을 그만 멈춰도 된다고 한다.

아빠	자전거 타고 가라고!
	이제 혼자 살아가야 해.
	줄리아드음대에 들어가.

| 대니 | 아빠 저도 같이 가고 싶어요. |

아빠	우리 모두 널 사랑한다.
	자, 이제 가서 세상을 바꿔 봐.
	네 엄마랑 나는 노력했다.

리버 피닉스는 이 영화를 찍으며 자기 가족이 살아온 것과 비슷하다고 했단다. 어린 시절, 히피족 부모는 이상한 종교에 빠져 다섯 명의 아이들을 데리고 남미 전역을 떠돌며 살았다. 생계는 뒷전인 부모 대신 리버 피닉스가 남동생 호아킨 피닉스, 그리고 여동생들과 함께 길거리에서 버스킹을 하며 돈을 벌었다. 그리고 배우가 돼서는 일곱 식구의 가장 노릇을 했다. 정규 교육을 받지 못한 탓에 어떤 영화를 찍을 땐 배경지식이 부족해 곤란한 경험을 했다고도 한다.

그럼에도 불구하고, 리버 피닉스는 이런 인터뷰를 했다. "좋은 장난감을 사 주는 게 훌륭한 부모가 아니다. 좋은 추억을 남겨 주는 게 훌륭한 부모다." 세계관까지 폭풍간지인 이 남자!

20년간 전 세계를 여행한 잽 가족의 도전은 존경할 만하다. 사회가 정해놓은 시스템, 범주를 벗어난 자유로운 삶은 많은 이들의 로망이지만 누구나 할 수는 없기 때문이다. 정착이 주는 안전함과 풍요로움을 애써 거스른다는 건 어려운 일이다. 부모 덕에 네 명의 잽 아이들은 남들과 다른 삶을 선물 받았다. 하지만 부모의 바람과 아이들의 바람이 온전히 맞물리는 일이 가능할까. 부부의 정해진 스케줄에 어린 아이들은 어디까지 자신들의 목소리를 낼 수 있었을까.

부모라는 울타리에 대해서 생각해 본다. 울타리의 높이나 너비가 어느 정도면 적당할까. 너비가 고작 앞마당 수준이라면 아이는 조금 놀다가 이내 답답해질 것이다. 그리고 높이가 지나치게 높으면 아이는 바깥을 볼 수 있는 기회를 잃게 될 수도 있다. 울타리는 최대한 넓게, 그리고 낮으면 좋지 않을까. 아이들이 사랑받고 있고, 안전하다고 느끼면서도 부모의 시선이나 바람이 느껴지지 않을 만큼.

씬의 한 수 ——————————————————

원래 리버 피닉스의 성은 아버지 존 리 바텀을 따라 '바텀Bottom' 말 그대로 '바닥'이었다. 그런데 오랜 방랑을 끝내고 미국으로 돌아와 새 삶을 시작하자는 의미에서 아버지는 '피닉스'로 개명한다. 와, 아버지 작명실력 무엇? 강River에 불사조Phoenix라니! 70년 개띠인 리버 피닉스는 이 영화를 찍을 당시 열여덟 살이었다. 또래를 연기한 셈인데 장난 없는 연기력과 전설적인 미모는 그냥 천재다. 게다가 피아노까지 잘 친다. 은혜로울 지경이다. 특히, 음악쌤을 처음 만나 피아노를 치는 순간은 보자마자 내 마음속에 저장각이다. 베토벤 피아노 소나타 8번 C단조 <비창> 중 2악장을 연주하는 짧은 몇 분을 전 세계 인류가 실시간으로 시청할 수 있다면, 단언컨대 전쟁은 사라지고 인류는 모두 '위아더월드' 국면을 맞을 것이다.

★ 직은 이씨들 ★

"어떤 천성은 억누르기엔 너무 고결하고 굽히기엔 너무 드높단다"

물려 줄 유일한 유산, '넉살' DNA

자기 때는 스스로 밀어야 한다고 생각했던 적이 있다. 목욕탕에서 때를 밀다가, 삶이란 너무나 비루하구나. 다들 벌거벗고 제때를 벗기고 앉아 있는 모습을 보니, 그래 어쩔 수 없이 자기 때는 자기가 밀 수밖에 없구나! 자업자득인 게야, 뭐 그런 생각을 했다. 그리고 다행이라고 생각했다. 자기 때를 밀 수 있어서 다행이네. 그 고요한 동작들이 뭐랄까 경건한 수행처럼 보였다. 그래, 열심히 밀자! 박박.

한방이를 낳고 나서는 스스로 때를 밀지 않았다. 경건한 수행을 이어가야 하는데 피곤했던 나머지 난생처음 세신사 언니에게 내 몸을 허락했다. 그런데 이게 뭐지? 바로 눕기, 좌로 눕기, 우로 눕기, 엎드려 눕기의 4단계 황홀경이라고나 할까. 세신이라는 세계의 규칙과 리듬에 맞추니 컨베이어벨트를 따라 이제 막 새로 만들어져 출고되는 신상처럼, 혹은 세차장을 통과한 깨끗한 자동차마냥 내 몸의 때도 말끔히 벗겨져 있더라. 아, 이런 시원함이 다 있나.

그렇게 단 하루로 끝날 것 같았던 세신의 세계는 너무나 황홀하여, 늦게 배운 도둑질마냥 중독이 돼 버렸다. 마음 한켠에선 경건한 수행을 남에게 미룬다는 무거운 마음이 불쑥불쑥 일었으므로 적당한 변명이 필요했다. 그래, 난 육아를 하는 너무나 고된 몸이야. 때 미는 시간만큼은 나를 위해 에너지를 비축하자. 그럴싸하게 합리화 성공! 어쨌거나 발을 디뎠더니, 세신의 세계에 급관심이 생기더란 말씀. 내겐 고질병이 하나 있는데 호기심이 동하면 못 참는 거다. 아무나 붙잡고 아무 때나 말을 건다. 대뜸, 막!

저기요, 언니!
제가 죽 지켜보니까 손님이 끊이지 않던데 많이 버시죠?

세신사 언니   옛날엔 진짜 많이 벌었지. 근데 지금은 아니야.

이 침대 하나가 우리 사업장인데

목욕탕에 내는 게 하루 5만 원!

그리고 목욕탕 청소하는 아줌마한테도 2만 원을 줘야 해.

그럼 하루에 7만 원을 내요?

세신사 언니   그렇지. 침대 하나당 하루에 7만 원 내는 거야.

별로 남는 것도 없어.

그럼 침대 보증금도 있어요?

세신사 언니   그럼. 침대 하나에 1500만 원이야.

그러니까 1500만 원에 하루 7만 원씩 나가는 거지.

대애박! 침대 하나가 진짜 사업장이네요?

세신사 언니   그렇지.

일당 나가는 거 따져서 계산하면 1억짜리 비즈니스야.

그런데 사람들이 잘 모르잖아요.

저도 세신은 목욕탕에서 운영하는 서비스인 줄 알았어요.

세신사 언니   젤 싫은 사람이 침대에 손님 없다고 자기 애 눕히고

때 미는 사람들.

127

그럼 가서 말하지. 여기 우리 사업장이라고.

비어 있다고 지금 사업 안 하는 거 아니라고.

업무시간이 어떻게 되는데요?

세신사 언니　격일이지. 하루 꼬박 일하고 퇴근하고,

근무할 땐 목욕탕 문간방에서 쪽잠 자고.

그럼 한 달에 15일 근무하는데,

하루에 7만 원씩 내야 하네요?

세신사 언니　예전에는 그런 게 전혀 없었어.

목욕탕에서 자리 마련해 주고 우린 버는 거 다 갖고 갔지.

그때는 일 끝나면 우리가 목욕탕 청소를 해줬거든.

그땐 정말 많이 벌었지.

그렇게 벌어서 자제분들 다 키우셨겠네요?

세신사 언니　응. 우리 아들이 이번에 9급 공무원 합격했어.

계속 7급 보다가 3번을 떨어져서 9급으로 낮춰서 봤는데

한번에 붙었지.

정면, 좌, 우, 엎드리기 4단계를 거치는 동안 때와 함께 궁금증
도 말끔히 씻겨 나갔다. 그러니까 우리 동네 기준으로, 세신사

의 하루 사납금은 7만 원이다. 명심할 것은 침대는 세신사들의 사업장이므로 세신사에게 때 밀지 않는 자는 함부로 몸을 뉘여선 안 된다는 것. 그리고 우리 동네 목욕탕, 키 큰 세신사 언니가 때 밀어 키운 9급 공무원 아들은 엄마의 자부심이라는 사실도. 물론 알아 봤자 그닥 쓸 데는 없는 TMI 정보다.

이렇게 아무나에게 아무 때나 깜박이 없이 끼어드는 DNA는 그대로 대물림되어 어느 순간 한방이가 똑같이 하기 시작했다. 등산을 가면 산중턱에 먹거리 파는 곳이 있지 않은가. 막걸리 한 사발 하는 아웃도어 어르신들에게 쪼르르 달려가서 "뭘 먹는 거예요?" 기웃대다가 안주용 큰 멸치를 한 움큼 얻어 왔다. 나중에는 등산갈 때마다 필수 코스처럼 들러 "엄마가 현금이 없대요" 하고 또 한 움큼 동냥해 오는 거다. 이때 어미의 심정은 두 갈래다. 웃.프.다. 웃기면서도 슬프니, 말리고 싶으면서도 어디 가서 굶어죽진 않겠군 하며 기특하기도 한 것이다.

모르는 사람들에게도 그럴진대 아는 사람들에게는 말 다했지. 동네 친구네 집에 갔다 올라치면 한방이는 양손에 밑반찬을 두둑하게 들고 온다. '물김치 좀 싸주면 안 돼요?', '김부각 좋아하는데 엄마가 안 사줘요', '우리 엄마는 멸치볶음을 이렇게 못 해요' 이런 식인 거다. 하도 얻어 오니 한방이의 뻔뻔한 구걸로

조 마치 (시얼샤 로넌)

미국 북부 매사추세츠주 거주

1861년 남북전쟁 때, 가진 거라고 딸뿐인 딸부자 집에서

유난히 흥 많은 흥부자 둘째로 태어나

딸들 가운데 선머슴을 맡고 있는 인물

냉장실을 가득 채워, 반찬 걱정 없이 한 철을 나기도 했다. 엄마를 디스해서 얻어 오는 밑반찬! 과연 한방이는 효자인가, 불효자인가.

저마다 개성과 재능을 타고난 네 명의 아씨들. 첫째 메그는 얼굴이 재능이다. 아리따운 외모로 배우가 되길 소망하고, 둘째 조는 글쓰기에 남다른 감각이 있다. 피아노에 소질이 있는 셋째 베스는 음악가, 넷째 에이미는 화가가 되고 싶어한다.

작가를 꿈꾸는 조는 틈날 때마다 습작을 하고, 서랍장에 숨겨둔다. 그런데 문제의 그 밤, 집에 돌아왔더니 습작한 작품이 감쪽같이 사라졌다. 1861년에 컴퓨터가 있을 리 만무하고, 복사기도 없으니 저장은 언감생심! 컴퓨터에 문서 작성하다가 날아가도 죽고 싶을 만큼 멘탈이 나가는데, 만년필로 꾹꾹 눌러쓴 '내손내글'이 사라지다니! 습작을 가로챈 범인은 필경 죽기를 각오한 것이다!

조는 촉이 왔다. 막내 에이미의 짓이 확실하다! 돌이켜보니 그날 저녁, 조는 극장에 따라가고 싶다는 에이미를 나몰라라 하고 극장에 가 버렸다. 그 바람에 열 받은 에이미는 조가 가장 불행해질 방법을 찾아냈는데, 바로 습작 소설을 남김없이 활활 불태워 버린 것이다.

머리끄댕이를 잡고, 주먹다짐을 한 끝에 결국 에이미는 납작 엎드린다. 하지만 죽을 때까지 용서는 없다는 조! 그날 이후 대놓고 에이미를 투명 인간 취급한다. 며칠 뒤, 꽁꽁 언 강에 스케이트를 타러 가는 조를 에이미가 뒤쫓아 온다. 조는 언니와 화해하고 싶어하는 막내를 보란 듯 따돌리고 가지만 잠시 후, 얼음이 깨지면서 에이미가 강에 빠진다. 가까스로 익사 위기에서 살아난 에이미를 보며 조는 자책한다.

조   저는 왜 이러죠? 수없이 다짐하고 반성의 글도 써보고

                    울기도 해 봤는데 도움이 안 되나 봐요.

                    감정이 격해지면 모질게 상처 주고 그걸 즐겨요.

엄마   넌 날 닮았어.

조   엄마는 화 안 내잖아요.

엄마   나도 거의 매일 화가 나는걸!

                    인내심이 많은 천성은 아니야.

                    나도 40년째 노력하며 배우고 있어,

                    분노에 내 좋은 면이 잠식되지 않게.

| 조 | 그럼 저도 그렇게 할래요. |

엄마	나보다 좋은 방법을 찾았으면 해.
	어떤 천성들은 억누르기엔 너무 고결하고
	굽히기엔 너무 드높단다.

영화나 드라마로 수차례 리메이크 된 고전 『작은 아씨들』에서 조는 당대 사회가 원했던 여성상과 정면으로 불화하는 인물이다. 영화 속에서도 치마를 부풀리기 위해 여성들이 입는 속치마인 패티코트를 조만 입지 않은 채로 나온다. 요조숙녀가 되어 좋은 남자 만나 결혼하는 삶 말고, 자신의 생각과 신념을 글로 쓰는 작가가 되고자 하는 인물이 조다.

『작은 아씨들』의 작가 루이자 메이 올코트Louisa May Alcott가 자신의 영혼을 갈아 넣어 만든 캐릭터가 조란다. 실제로 루이자도 네 딸 가운데 둘째였다. 그리고 어려운 가정형편 때문에 바느질, 연극배우, 하녀, 가정교사 할 것 없이 부지런히 돈을 벌어야 했다. 틈틈이 잡지와 신문에 글을 기고했고 56세로 생을 마감할 때까지 독신이었다. 이 영화가 시작되는 프롤로그에는 '루이자'가 남긴 문장이 뜬다. 'I've had lots of troubles, so I write jolly tales.' 고난이 많았기에 즐거운 이야기를 쓴다!

영화 속에서 조에게 든든한 버팀목이자 롤모델이 되는 존재는 엄마다. 그리고 루이자에게도 엄마는 그런 존재였던 모양이다. 아버지의 거듭된 사업 실패로 빚잔치를 하는 와중에도 루이자의 엄마는 "희망을 품어라! 그리고 바쁘게 지내라"고 네 딸을 다독였다.* "어떤 천성들은 억누르기엔 너무 고결하고 굽히기엔 너무 드높단다." 이 눈부신 대사도 루이자에게 보낸 엄마의 편지에 적혀 있던 글을 그레타 거윅 감독이 시나리오에 녹인 것이다.

어쨌건, 조는 자신조차도 어찌할 수 없는 타고난 천성에 대해 고뇌하지만, 엄마만큼은 그 천성조차도 고결하고 드높은 것일 수 있다고 북돋아 준다. 내가 한방이에게 대물림한 가족력도 고결하고 드높은 것일 수 있을까?

싱어송라이터 요조는 나의 DNA를 '넉살'이라고 표현했다. 독립잡지 〈노처녀에게 건네는 농〉 편집장 시절, 요조가 북촌에서 운영했던 책방 '무사'에서 1년간 간담회를 진행한 적이 있다. 그때 간담회 동지들끼리 인천의 마시란 해변으로 조개구이를 먹

---

* 실제 『작은 아씨들』에서 자매들의 좌우명으로 쓰인 격언. 데일 살왁, 『작가의 어머니』(정미현 옮김), 빅북, 2019 참고

으러 간 적이 있는데 요조는 자신의 에세이에 이렇게 썼다.

기사님에게 넉살 좋은 편집장님이 말을 걸었다.
"저희 조개구이 먹으려고 하는데요. 어디가 맛이 좋아
요?" *

아무 때나 아무에게나 말을 잘 거는 나의 천성을 '넉살DNA'라
불러도 좋을 것이다. 나는 가진 게 없어 한방이를 흙수저로 낳
았지만, 넉살DNA만큼은 황금수저를 물렸다고 자부한다. 때로
는 쓸데없이 발동하는 넉살로 오해를 사기도 하지만, 때때로 유
용할 때도 있다.

예를 들면, 핫플로 유명한 베이커리 계곡카페에 갔을 때, 허리
가 굽고 머리숱이 없는 후줄근한 티셔츠 차림의 나이 든 아저
씨를 봤다. 직감적으로 그분이 '사장님'이라는 걸 알겠더라. 카
페가 너무 좋았던 나머지 대뜸 "사장님이시죠? 카페 너무 좋네
요. 이렇게 장사가 잘 돼서 얼마나 좋으세요?" 했더니, 내게 "인
사를 한 첫 번째 손님이네요." 하면서 그 후 갈 때마다 빵을 선

---

*   요조, 『오늘도 무사』, 북노마드, 2018, 184쪽. 책방 '무사'에 관한 기록이라 이 책에 나도 종
     종 나온다.

물로 챙겨 주신다. 이렇게 삶에 소소한 즐거움을 주기도 하니까 넉살 DNA 대물림은 그나마 한방이에게 잘한 몇 안 되는 엄마의 유산인 걸로.

씬의 한 수

소설 『작은 아씨들』을 읽었던 기억을 떠올리면, 막내 에이미는 코가 낮고 못생겼다고 맨날 얼평만 하는 철없는 허영덩어리였다. 그런데 그레타 거윅 감독이 해석한 이 영화에서 에이미는 내 뒤통수를 제대로 쳤다. 특히, 로리에게 결혼에 관한 일장연설을 늘어 놓는 장면은 그 시대 여성들의 울분이 느껴져서 에이미에게 깊이 공감했던 장면이다. "원래 부자랑 결혼하려 했어. 그게 왜 창피해? 사랑하는 사람은 내가 선택하는 거지, 운명처럼 오는 건 아니라고 생각해. 여자는 돈 벌 방법이 없어. 생계유지나 가족 부양도 힘들어. 돈도 없지만 만약 있더라도 결혼하는 순간 남편 소유가 돼. 그리고 아이를 낳아도 남편 소유야. 남편의 재산이지. 그러니까 속편하게 앉아서 결혼이 경제적인 거래가 아니라곤 하지 마. 이해가 안 되겠지만 내겐 그래." 그런데 이 장면의 대사는 고모로 출연하는 메릴 스트립이 그레타 거윅 감독에게 그 시대 여성들이 느끼는 무력감을 전해 줘야 한다고 제안해서 촬영 직전에 새로 쓰인 것이라 한다. 역시 메릴 스트립!

"아빠가 우릴 세상에 대해
아무것도 모르는 괴물로 만들었어"

배운 대로 키우는 어리석음

세상 모든 부모는 잠재적 노벨상 후보다. 아이를 키우면서 끊임 없이 가설을 세우고 이론을 정립하려 애쓰는 존재들! 요렇게 키 우면 요렇게 될 것이다. 다들 왕년에 스케치 좀 했던 터라 아이 미래에 대한 큰 그림 그리기에 자신만만한 편이다. 아이에 대한 기대치를 가설이라고 한다면, 양육은 검증의 과정이라고 할 수 있고, 훗날 아이가 보여 주는 결과는 증명이 될 것이다.

마이애미도 나를 키우며 나름 가설을 세웠다. 전라남도 깡촌에서 자란 마이애미는 가난한 농사꾼의 큰딸로 태어나 어려서부터 부엌일을 도맡았다. 그저 학교 다니며 공부만 하고 싶었는데 동생 네 명을 건사해야 하고, 농사도 도와야 했다. 그게 마이애미에겐 두고두고 한이 되었다. 영화 〈82년생 김지영〉의 친정엄마처럼 "너 얌전히 있지 마! 나대! 막 나대!" 마이애미는 '네가 하고 싶은 거 다 해~'를 양육의 기본 공식으로 정했다. 그렇게 하면 딸만큼은 원하는 걸 다 가질 수 있을 거라 생각했다.

마이애미의 지나친 관용 덕에 1교시가 시작되는 아침 9시에 등교하는 고등학생은 나뿐이었다. 당시엔 이른바 0교시라 불리는 아침자율학습이 있어 우리 학교는 7시 반까지 등교가 원칙이었다. 하지만 세상 달콤한 아침잠과 아침밥을 포기할 수 없었던 나는 내 맘대로 갔다. '내가 아침잠이 많고, 아침밥도 먹어야겠는데, 왜 학교가 내 바이오리듬을 건드려? 지들이 뭔데 내 컨디션을 규칙대로 건디셔래?'

애매하게 가면 지각생으로 걸려서 토끼뜀을 뛰었던 터라, 선도부 선생님도 교무회의에 들어가는 8시 50분 전후가 최적의 등교타임이었다. 선생님들은 교무회의 중이고, 아이들은 수업 준비 중이라 프로 지각러 한 명이 운동장을 대각선으로 가로지르는 광경을 지켜보는 건 몇 없었다. "야, 운동장 가로질러서 들어

오는 거 니 친구 맞지?" 친구인 게 부끄러웠다고 아직도 절친 K
는 그 장면을 회상하곤 한다.

학교 규칙까지 무시했던 나는 사회에 나와서 된통 혼이 났다.
내 기준으로 납득되지 않는 게 너무 많았고 지켜야 할 것도 너
무 많았다. 남들은 잘들 적응하는 것 같은데 유독 나만 애를 먹
는 기분이었다. 이때까지만 해도 나는 '자유를 허한' 마이애미
의 양육가설이 틀렸음을 인지하지 못했다. 그래서 마이애미의
가설에서 한 발짝 더 나갔다. 한방이에게는 그 어떤 규칙이나
규율 따위 적용하지 말자, 어차피 사회에 나오면 하기 싫어도
해야 할 게 너무 많으니 더한 자유를 주자는 게 내 공식이었다.

그런데 한방이가 다섯 살이 되었을 때 내 가설에 빨간 불이 켜
졌다. '가설 = 쓰레기'임을 입증하는 사건이 벌어진 것이다. 모
든 학부모가 참여하는 유치원 행사장에서 무규칙으로 키운 내
아들 한방이만 좌석에 착석하지 않았다. 시종일관 대강당을 빙
빙 뛰어다니는 민폐의 아이콘이었다. 주의를 주려고 다가가면
잡기놀이 하는 줄 알고 도망가서, 쫓고 쫓기는 추격전이 벌어지
고야 말았다. 쪽팔리고 쪽팔렸다.

"한방이에게 기본적인 규칙을 가르쳐야 합니다!

벤(비고 모텐슨)

미국 숲 거주

아들 셋, 딸 둘을 학교 대신 숲에서 강하게 키우는

숲스쿨링 전도사

수렵과 채집이 기본 커리큘럼이라,

애들은 생존영역에선 A+

인간관계에선 낙제 위기

다른 애들은 다 하는데 혼자 못하면 자존감에도 문제가
와요."

원장님에게 독대를 신청하고 받은 피드백이었다. 그제야 알았
다. 애초에 가설이 잘못되었다.

미국판 김병만을 자처하며 여섯 명의 자식들을 정글 같은 숲에
서 키우는 아빠 벤. 한국 나이로 고2, 고3쯤 된 큰아들부터 대여
섯 살 막내까지, 스승은 단 한 명 아빠다. 벤 혼자 북 치고 장구
치고 다 하는데, 커리큘럼이 꽤나 파격적이다.
일단 극강의 체력단련이 많은 비중을 차지한다. 전력으로 산 타
기, 요가와 명상, 무기 들고 대련하기, 암벽타기 등으로 아이들
은 제 또래들에 비해 월등한 신체능력을 갖고 있다. 여기에 독
서와 토론으로 단련된 논리적 사고 능력, 각자 악기 하나씩은
연주하고 노래하는 싱어송라이터 능력, 나무를 깎고 다듬어서
원목 소품을 만드는 공예 능력, 그걸 내다 팔아 수익을 창출하
는 경제 능력까지 부족함이 없다.

벤은 미국이라는 나라의 시스템에 환멸을 느낀다. 병원은 과잉
진료를 일삼고 의사협회는 거대 제약회사와 짜고 생명을 우습
게 안다. 기업이 정치권에 선거자금 후원이 가능하다 보니, 결

국 나라를 지배하는 건 기업과 로비스트라고 생각한다. 벤의 똥고집 때문에 아이들이 학교 대신 숲스쿨링이나 하고 있는 게 걱정인 벤의 여동생 부부는 기어이 한마디 한다.

여동생 부부　애들한텐 울타리가 필요해.

진짜 학교에 다녀야 진짜 직장도 구하지.

애들 다 죽겠어. 애들한테 못 할 짓 하는 거라고!

벤　개들을 살리려고 이러는 거야.

여동생　얼마나 황당한 소린지 모르지?

벤　접골법 화상 치료법 배우는 게 황당해?

별을 보며 길 찾는 법 배우는 게 황당해?

식용식물 구분법, 가죽으로 옷 만드는 법,

칼 하나로 생존하는 법 배우는 게 황당하냐고?

개들 신체능력이 운동선수 수준이야.

여동생　그래서 뭐? 아직 애들이야. 학교도 가고 세상도 배워야지.

그러던 어느 날, 벤과 아이들은 숲을 나와 먼 길을 떠나게 된다.

간만에 바깥바람도 쐬고 세상 돌아가는 것도 구경하게 된 아이들! 특히, 남성호르몬 테스토스테론이 실시간 분비되는 큰아들 '보'는 난생처음 또래 여자애와 불똥이 튄다. 좀 놀아 본 저돌적인 여자애는 입술 도킹을 시도하고, 그 바람에 보는 설왕설래하는 생애 첫 날카로운 키스의 맛을 보게 된다. 그런데 갑자기 키스 한 번에 기승전 결혼을 약속하는 보! 여자애는 처음엔 개그인 줄 알았다가, 대화를 하면서 쎄한 느낌을 받는다.

여자애가 "나 〈스타트렉〉 좋아해, 스팍 몰라? 〈스타트렉〉이 낳은 뾰족귀 스타!"라고 말하자, 보는 스팍 박사가 '코네티컷 출신으로 예일대를 나와서 1947년에 『유아와 육아』를 쓴 육아의 달인'이란다. 이런 '진지충'이라면 여자애 입장에서 키스 다음으로 진도 빼는 건 무리다. 접근금지명령을 내리고 철벽을 치고 싶은 심정이 드는 것이다.

그렇게 보는 만나자마자 실연한다. 세상사를 글로 배운 탓에 다른 사람과 관계 맺는 게 쉽지 않다. 20년 가까이 아빠에게서 배운 지식으로는 현실 문제들을 제대로 읽고 행간을 파악하기 어렵다는 것, 그래서 답은 쓸 수조차 없다는 깨달음에 이른다. 해서 대학에 가겠다고 선언한다.

보	대학에 너무 가고 싶어.

벤	넌 6개 국어를 하고 수학, 물리도 통달했어.
	그깟 대학에서 뭘 배워?

보	내 말이 그 말이야, 내가 뭘 아는데?
	난 아무것도 모르는 별세계 괴물일 뿐이야.

아빠가 우릴 괴물로 만들었어.

책 바깥의 세상에 대해선 아는 게 하나도 없다고!

벤이 숲으로 아이들을 이끈 건 이불 밖이 위험하기 때문이었다. 쓰레기처럼 굴러가는 세상에서 뭔가를 배우느니 직접 가르치는 편이 낫다고 생각한 것이다. 애석하게도 모든 부모는 자신이 겪은 경험 아래서 가설을 짠다. 그 이면을 들여다보고 다른 가능성을 타진하기엔 경험치가 부족하다.

내 친구의 부모는 가난했던 어린 시절, 장난감 하나를 사주지 못하는 부모 때문에 속이 상해서 훗날 자식에게만큼은 원하는 모든 걸 사주리라 맘먹었다고 했다. 덕분에 친구의 집엔 그 시절에도 마론 인형이 여러 개였고, 인형 집을 비롯해 호화찬란한 인형 옷까지 넘쳐났다. 하지만 정작 친구네 부모는 둘 다 직장에 다니느라 바빴고, 친구는 늘 마론 인형과 시간을 보냈다. 장난감이 부모의 애정을 대신하지는 못했다. 그 친구는 성장해서도 늘 애정결핍마냥 관계에 목말라했다.

또 다른 친구의 부모님은 바쁜 나머지 자신을 돌보지 않았던 부모가 원망스러웠다. 해서 내 친구의 일거수일투족을 챙겼다. 옆에 있어 주는 것 말고도 내 친구의 수족이 되어 일일이 모든 걸대신 해 줬다. 친구는 성인이 되어서도 스스로 할 줄 아는 게 거의 없었다. 그래도 괜찮았다. 돈이 많았던 부모가 가게도 내 주고 차도 뽑아 주었다. 하지만 스스로 책임질 만한 일을 해 본 적이 없었던 친구는 얼마 못 가 가게를 말아먹었다. 그리고 또 부모에게 손을 벌렸다.

'우리 부모가 그렇게 해 줬더라면…'을 기준으로 대체로 자식에 대한 섣부른 가설을 세우는 게 모든 부모의 한계다. 문제는 내 아이는 내가 아니라는 사실이다. 그리고 결국 내 품을 떠나 독립된 개체로 세상을 마주해야 하는 순간이 온다는 것이다. 내 아이가 온전히 자기 삶을 자기 힘으로 꾸려 갈 수 있게끔 도와주는 게 부모의 역할이라면 부모의 가설은 어떤 식이 옳을까. 그리고 한방이에 대한 나의 가설은 어떻게 수정하는 게 맞을까.

이 영화를 보면서 다음 생이 있다면 벤을 연기한 비고 모텐슨이랑 살아보고 싶다고 생각했다. <반지의 제왕>의 아라곤이라고 하면 누군지 쉽게 떠올리려나. 수컷 냄새 풀풀 나는 거친 남자의 전형! <폭력의 역사>, <이스턴 프라미스>를 보면서 '와, 남자다!' 했던 기억이 새삼 떠올랐다. 물론 최근작 <그린 북>에서는 두툼한 뱃살 드러낸 영락없는 중년 아재로 변모했으나 그건 또 나름대로 귀여웠다. 특히 이 영화 속의 한 장면은 잊을 수가 없다! 캠핑장에서 아침을 맞이한 날, 숲에서 하던 습관대로 벤은 아주 호올딱 벗고 포부도 당당하게 캠핑카에서 나온다. 두둥! 비고 모텐슨, 비교를 거부하는 잘생긴 맨몸!

★ 행복을 찾이서 ★

"넌 못할 거란 말 절대 믿지 마, 그게 아빠 말이라도"

엄마, 아빠! 저를 믿삽니까?

한방이를 기르면서 어렴풋이 의미를 알게 된 말들이 있다. "엄마 아빠는 너를 믿어!" 다스베이더와 마이애미가 곧잘 내게 했던 이 말의 의미가 '엄마, 아빠는 레알 너를 믿는다!'가 아니라는 사실 말이다. 이 말의 속뜻은 '너를 좀 믿고 싶다', '믿을 날이 언젠간 오겠지?', '제발 믿게끔 잘 좀 할래?' 같은 복합적인 감정의 부산물이었다. 그걸 짧게 퉁쳐서 '믿.는.다!'라고 했던 것이다. 스스로 알아서 잘하고 있는 아이에게 '믿음'을 확인할 일은 없다. 잘하는 아이에게 '믿는다'고 하는 것도 잘 들여다보면

'앞으로도 계속 이렇게 해!'라는 무언의 채찍인 셈이다. 그러니까 자식에게 '믿습니다!'를 시전하는 부모의 진짜 '믿음'이란, 결국 믿음의 시험대에 올라 있다는 의미다.

한방이는 말도 늦게 트였고, 한글은 초등학교 입학 후에 배웠기 때문에 어린이집이나 유치원에서 눈에 띄는 아이는 아니었다. 게다가 직접 그리거나 만든 작품들도 감동과는 거리가 멀었다. 손이 야물지 못하고 둔탁해서 결과물은 언제나 기대 이하였다. '열심히', '최선을 다해서', '꼼꼼히', '디테일하게'는 한방이 앞에 올 수 없는 수식어였다.

그런데, 문제의 그날! 유치원에서 돌아온 한방이가 "엄마, 나 줄넘기를 840개 했어!"라고 말하는 것이 아닌가. 생각해 보라, 일곱 살 꼬마가 줄넘기 840개를 한다고? 그게 말이 되나? 지금껏 '너를 전적으로 믿는다'고 했던 말에는 진심이 1도 없었음이 뽀록난다. "말도 안 돼~ 840개는 인간이 뛸 수 있는 숫자가 아니야!"라고 나는 한방이에게 말했다. 그날, 퇴근해 돌아온 남편도 같았다. "한방아, 니가 숫자를 잘 몰라서 그래. 84개 아니야?" 이래서 부창부수! 이심전심! 부모가 쌍으로 그건 아니잖아 하니, 한방이는 입을 꾹 다물었다.

어머니! 들으셨어요?

어제 한방이가 유치원 역사상 줄넘기 최고기록을 깼어요.

여태까지 가장 많이 뛴 아이가 500개를 했는데

한방이가 840개를 뛰었어요.

다음 날, 등원하며 담임쌤에게 전해들은 충격적인 팩트 체크!
한방이는 840개를 뛴 게 맞았던 것이다. 200여 개쯤 뛴 아이들
은 몇 명 있었는데, 하나 둘 멈춘 후에도 한방이 혼자 계속 뛰더
란다. 그러자 아이들이 일제히 한방이 주위로 몰려 둥글게 원을
그렸고, 다 같이 숫자를 세며 응원을 했다고 말이다.

"내 말 맞지?" 한방이는 믿는다고 하면서 믿음이 없는, 표리부
동하고 이율배반적인 부모에게 짧게 말했다. 남편과 나는 왜 한
방이의 말을 곧이곧대로 믿지 못했을까 자책했다. 영화 〈우아한
거짓말〉에서 김희애가 그랬다. "내가 제일 싫어하는 말이 '원
래'라는 말이야. 걔가 원래 그런다. 원래 그러는 거 모르고 결혼
했냐? 뭘 해도 원래라는 말 앞에서 다 무너지는 거야."

한방이가 '원래' 그럴 만한 싹수가 좀 보였더라면 믿었을까, '원
래'부터 진득하니 뭔가에 몰입하는 걸 봤더라면 달랐을까. '원
래' 안 그랬던 애니까 그럴 리가 없다고 생각한 걸까. '원래' 걔

인적인 친분이 전혀 없는 예수님과 부처님한테는 순수한 믿음이 그렇게 잘 생기던데, 정작 내 자식에게 절대적인 믿음 갖기란 이렇게 어려운 것인가.

유행 지난 의료장비, '휴대용 골밀도 스캐너'를 대량 사재기해서 직접 발품 팔며 영업하는 크리스. X-레이보다 기능은 떨어지고, 가격은 2배나 높으니 구입하는 순간 호구호갱 인증! 한 달에 최소 2개를 팔아야 아들 놀이방비와 집세를 해결할 수 있는데, 넓은 미국에서도 한 달에 호갱 2명 찾기는 하늘의 별 따기다. 전 재산과 맞바꾼 의료장비들은 가구처럼 인테리어가 된 지 오래, 집세는 석 달째 밀렸고, 자동차도 압류된 상황. 결국 공장에서 야근수당 받아 가며 버티던 아내마저 다섯 살 아들을 데리고 가출한다.

크리스 그 순간 토마스 제퍼슨이 쓴 독립선언문이 생각났어요.

삶, 자유, 행복추구권 부분이요.

행복을 '추구'한다고 적어 놓은 건

행복을 성취하려고 아무리 애써도

결코 가질 순 없는 것이라는 걸

토마스 제퍼슨도 알았단 뜻이겠죠.

크리스 가드너(윌 스미스)

미국 샌프란시스코 거주
전 재산 영끌해 한물간 의료기기에 몰빵 후
빚테크에 허덕이는 가장.
하필 태어나 보니 아빠가 이 남자인 부모 복 없는
아들을 보며 절치부심 인생 반전을 노리는 중

아버지 없이 자란 크리스는 아들만큼은 애비 없는 자식으로 키우기 싫어, 직접 양육하겠다고 데려 온다. 매일 아침, 중국여자가 운영하는 제일 저렴한 놀이방에 아들을 맡기고 의료장비를 팔러 간다. 그런데 놀이방 벽 낙서가 자꾸 거슬리는 것이다. 누군가 '행복'을 'Happyness' 라고 써 놓았다. 원래 철자는 'Happiness'. 맞춤법 강박이 있나, 볼 때마다 크리스는 철자가 잘못됐다고 수정하라고 따진다. 왜 그랬을까? 'Happyness'가 마치 '나'만 빼고 나머지 '당신들', 세상 사람들은 모두 행복한 것 같아서 그런 게 아니었을까?

어쨌거나 그동안 돈 대줬던 아내가 나가자, 기막히게 빚쟁이들이 몰려온다. 맨 먼저 밀린 월세를 달라는 집주인, 그 다음은 밀린 세금 달라는 공무원들! 배 째는 수밖에 없는 크리스는 아들을 데리고 도망친다. 처음엔 집 근처 모텔에 방을 얻지만 모텔 숙박비가 밀리자 내쫓기고, 노숙자 쉼터를 전전하다가 헌혈, 그러니까 매혈까지 하며 용돈을 버는 수모도 겪는다. 인생 밑바닥 어디까지 내려가 봤니? 더 이상 내려갈 바닥이 없어 보였는데 놀랍게도 있더라.

가장 밑바닥은 땅을 뚫고 지하로 내려간 레알 밑바닥, 지하철 화장실 숙박씬이다. 다섯 살 아들에게 고단한 인생 밑바닥을 구구절절 설명하기도 그렇고 해서 아빠는 숨은 연기력을 폭발시킨다. 지하철에 공룡들이 나타났고 우리를 해치러 오는 절체절명의 위기! 공룡들을 피해서 화장실로 급히 숨어야 한다며 갑자기 상황극을 하는데, 연기력이 송강호 저리 가라다. 아주 자연스러웠어~! 아들은 화장실 바닥에 누워서 그저 해맑고, 아빠는 목이 멘다. 인생, 멀리서 보면 코미디인데 가까이서 보니 비극이란 얘기가 딱 이거다.

아들	난 프로 농구 선수가 될 거야.

크리스	그래 아빠도 어렸을 때 농구 꽤나 못했는데
	너도 만만치 않은 게 그것도 유전인가 봐.
	그러니까 농구 선수로 성공하긴 좀 힘들 것 같다.

아들	(우울한 표정이 된다)

크리스	이봐, 넌 못 할 거란 말
	절대 귀담아 듣지 마.
	그게 아빠 말이라도! 알았지?

크리스는 자기가 먼저 "넌 못 할 거야" 해놓고, "넌 못 할 거란

말을 설사 아빠가 하더라도 믿지 마!"라며 서둘러 태세 전환한다. 아마도 "넌 안 돼.", "넌 못 해."를 가장 많이 하는 집단은 부모들이 아니겠는가. 어쩜 그렇게들 단호박인지, 자식들의 가능성을 가장 먼저 알아채기도 하지만, 가장 냉혹하게 무시하는 존재이기도 하다. '무시無視'는 '없을 무', '볼 시'다. 보지 않는다는 얘기다. 가장 가까이서 자식을 지켜보면서도 정작 아무것도 보지 못하는 존재가 부모일 수 있다.

한방이는 난생처음 자신의 한계를 부순 역사적인 날, 누구보다 엄마, 아빠에게 인정받고 싶었으리라. "엄마 아빠, 제가 그 어려운 걸 해냈어요."라고 하면 "한방아~ 어떻게 그 어려운 걸 해냈니? 840개라니 너무 대단하고 대견하다!"라고 말할 줄 알았건만 부모는 쌍으로 무시했다. 너를 믿는다고 하면서도 정작 한 번도 믿은 적이 없는 나와 남편은 한방이를 고작 우리 수준으로 끌어내리는 데 열을 올렸던 거다.

믿음이 습자지처럼 얇아서 쉽게 젖고 찢기는 유리멘탈의 부모는 이튿날부터 갑자기 광신도가 된다. 유치원 담임쌤이 인증하고 증언까지 했으니 이제야 비로소 믿음의 영역에 들어간 부모는 기승전 '줄넘기 대회'를 검색하기 시작한다. 840개면 전국대회 우승도 노려볼 만하다.

동작구의 자랑! 상도동 행복유치원 역대 최고 기록 경신!

줄넘기 840개! 하지만 한방 군은 아직 배가 고프다!

동네에 플래카드만 안 붙였지, 삽시간에 한방이 기록은 가족 친지들에게 뿌려진다. 다스베이더는 소식을 듣자마자 '국가대표 기계체조 선수 육성 초등학교'를 실시간 검색해서 보내기 시작했다. 일곱 살 한방이의 인생 포트폴리오가 한 방에 완성되는 순간이었다. 부모란 얼마나 별볼일없는 존재들인가. 한방이의 840개 기록을 우리가 '무시'해 놓고, 그다음에는 한방이의 의견을 '무시'한 채 또다시 큰 그림을 그리고 앉아 있는 꼴이라니.

씬의 한 수

이 영화의 제목도 놀이방 낙서를 그대로 가져와 'The Pursuit of Happyness' 다. 시나리오 작가나 감독이 은유적으로 제목을 그리 뽑은 게 아니다. 영화 속 크리스는 실존 인물이다. 노숙자에서 월스트리트의 성공신화가 된 인물, 크리스 가드너의 자전적 에세이를 바탕으로 각색한 영화인데, 자서전 제목이 『The Pursuit of Happyness』다. 마지막 에필로 그에 실제 크리스 가드너가 카메오로 등장해 크리스 부자를 지나치는 장면이 있다. 윌 스미스가 스쳐 지나는 그를 뒤돌아본다. 실제 크리스 가드너는 인생 밑바닥에서 성공해 '1987년 가드너 리치라는 투자회사를 설립

했고 2006년 자신의 회사 지분 일부를 수억 달러에 매각했다'고 에필로

그에 자막으로 언급된다.

★ 흐르는 강물처럼 ★

"완전히 이해할 수는 없어도
완전히 사랑할 수는 있습니다"

내게서 나왔으나 나와 전혀 다른 존재

2020년 여덟 살이 된 한방이는 코로나19의 창궐로 유치원 졸업식도 건너뛰었고, 초등학교 입학식도 생략한 채 초딩이 되었다. 시절이 하 수상한 터라 다스베이더와 마이애미는 반년이 지나서야 제법 초등학생 꼴을 하고 있는 손자를 보러왔다. 한방이는 전교생이 100여 명 남짓한 작은 학교에 다닌다. 게다가 1학년은 고작 14명뿐이라 다른 학교 아이들이 온라인 수업을 할 때도 녀석은 꼬박꼬박 등교를 했다.

오랜만에 손자를 본다는 설렘도 잠시, 다스베이더와 마이애미는 하교하는 녀석을 보고 얼음이 되었다. 한방이가 신발 한 짝만 신은 채 깽깽이로 펄쩍펄쩍 뛰면서 집으로 오는 게 아닌가. 그것도 깽깽이로 뛰는 게 신이 나서 연신 까르르거렸다. 다른 신발 한 짝은 어디에 있느냐 물었더니, 신발을 하늘 높이 걸어차서 학교 지붕 위로 던지는 데 성공했다고 으쓱해한다. 심지어 지켜본 친구들이 부러워했다나 뭐라나. 한껏 어깨뽕이 올라간 채 득의양양한 녀석을 보며 다스베이더와 마이애미는 허참만 찾았다. 허, 녀석, 참. 그들은 큰딸인 나를 키우면서 단 한 번도 저런 어이없는 상황을 맞닥뜨린 적이 없었던 것이다.

교실에 연필 한 다스를 가져가면 며칠 새 죄다 잃어 버리고, 교과서나 숙제를 안 갖고 오는 건 당연지사. 갖고 싶다고 해서 맘먹고 사주면 친구들에게 다 줘 버린다거나, 싹 잃어 버린다거나. 어쨌건 한방이 손에 들어간 물건들은 얼마 안 가 '죽거나 혹은 나쁘거나'였다. 사실 사내 녀석 키우는 데 이런 에피소드는 애교 수준인데 이게 매일 반복되면 내면 깊숙한 곳에서 샤우팅이 용솟음치고 발라드 취향의 엄마는 로커가 된다.

애걸복걸 타일러도 보고 윽박질러 봐도 전혀 행동의 변화가 없으니 당황스럽기만 하다. 나는 저런 적이 한 번도 없었는데 저 아이를 어떻게 이해하면 좋을까. 어디로 튈지 알 수 없고 예측

엄미를 키운 영화 속 멘토 ─────────

폴 맥클레인(브래드 피트)

1900년대 초반, 미국 몬태나주 시골 거주

교회 목사 아버지의 차남으로

직업은 월간 낚시(?) 기자쯤 되나

일은 주로 얼굴이 다 하는 편

일명 빵형, 빵오빠라 불리며

질풍노도의 반항아가 체질인 인물

불가능한 자식에 대처하는 부모의 자세란 무엇일까.

부모 말이라면 찰떡같이 알아듣는 큰아들 노먼과 개떡같이 알아듣는 둘째 폴이 있다. 목사인 아버지는 홈스쿨링을 하며 아이들의 교육을 담당하는데 지독한 빨간 펜 성애자다. 작문 숙제를 내주고는 끊임없이 빨간 펜으로 직직 그으며 아이들의 인내력 지수를 높이는 데 애쓴다.

큰아들은 군말 없이 잘 크는데 둘째 녀석이 좀 이상하다. 고작 여덟 살인데 음식 취향이 유별나서 죽어도 귀리를 먹지 않는다. 목사인 아버지는 하느님이 주신 먹을거리를 감사할 줄 모르고 편식하는 녀석이 꼴 보기 싫다. 해서 니가 이기나 내가 이기나, 귀리를 먹기 전엔 식탁에서 못 일어나게 한다. 그런데 요 녀석 보게? 폴은 몇 시간을 식탁에서 버티며 기어이 애비를 이겨 먹는다.

떡잎부터 알아본다고 사춘기가 된 폴은 뭐 말 다했다. 괜한 객기에 작은 나무배를 빌려 타고 가파른 폭포를 래프팅해서 내려온다. 천만다행으로 목숨은 건지나 빌린 배는 완전히 부서져 부모의 빚만 가중시킨다. 또 성인이 되어서 만나는 여친은 하필 인디언으로, 일부러 인디언 제한구역인 술집에 여친과 동행해 보란 듯 질펀한 춤을 땡기는 똘끼까지 작렬이다. 직업은 지역 신문사

기자지만, 푼돈 모아 봤자 푼돈이라는 경제관념을 가졌는지, 허구한 날 밑장빼기 도박에 빠져 빚으로 잔치를 할 판이다.

그에 반해 형 노먼은 고향을 떠나 대학에 입학하고, 대학 교수 자격을 얻어 금의환향한다. 큰아들은 늘 기대를 벗어난 적이 없지만, 부모에게 작은아들의 존재는 아무리 감싸 안으려 해도 품 안에 들어오지 않는다. 아버지는 교회에서 설교 중에 작은아들에 대한 자신의 안타까움을 담아 이렇게 말한다.

아버지 우리는 누구나 살면서 언젠가는 어려움에 부딪힌

가족에 관해 같은 질문을 할 것입니다.

'도와 주고자 하지만 주어 무엇이 필요합니까?'

그래서 가장 가까운 이를 돕지 못할 수도 있습니다.

우리가 무엇을 주어야 하는지 모르기도 하고

흔한 경우지만 우리가 주려고 해도 거절을 당합니다.

이해하기 어려운 사람을 그대로 받아들여야 합니다.

그리고 사랑해야 합니다.

완전히 이해할 수는 없어도

완전히 사랑할 수는 있습니다.

아버지의 마지막 설교 문장이 나를 울렸다. 완전히 이해할 수는 없지만 완전히 사랑할 수는 있다는 얘기. 말장난 같은 이 문장을 나는 한방이의 엄마가 되지 않았더라면 쉽게 받아들일 수 없었을 거란 생각이 들었다. 아이의 모든 행동을 이해까지 한다면 얼마나 깊이 사랑할 수 있을까. 하지만 반드시 이해가 사랑의 필수조건이 되는 건 아니다.

동네가 떠나가라 한방이를 잡은 다음, 늦은 밤 잠든 아이를 바라보며 회개하고 속죄하는 나란 엄마, 너를 이해할 수는 없지만 온전히 너를 사랑한단다. 물끄러미 아이를 향해 그렇게 되뇌고 마음을 다잡아도 며칠을 못 간다. 이해 못 함이 불러오는 답답함은 화가 된다. 아이에게 버럭버럭 소리를 지른 다음, 그런 나의 나약함과 유약함에 진절머리를 내는 게 뫼비우스의 띠처럼 반복된다.

영화에서 가장 아름답게 그려지는 장면이 플라잉낚시를 하는 세 부자의 모습이다. 송어가 많은 강어귀 마을에 자리를 잡은 목사 아버지는 '사도 요한'도 어부였다면서 낚시에 남다른 부심을 드러낸다. 어려서부터 노먼과 폴은 아버지에게 플라잉낚

시를 배운다. 형은 아버지가 가르쳐 준 대로 시계의 10시와 2시 사이로 끊임없이 낚싯줄을 던진다. 하지만 폴은 모든 가르침을 무시하고 자기만의 방식을 찾는다. 그때 그 모습을 경이롭게 지켜보는 형의 내레이션.

노먼　　　대단한 것을 봤다.
　　　　　폴이 처음으로 아버지의 가르침을 넘어섰다.
　　　　　자신만의 리듬을 터득했다.

먼 훗날 형은 동생을 회상하며 이렇게 말한다. "폴은 분명히 훌륭한 낚시꾼이었어요." 그러자 아버지는 "그게 전부는 아니야 아름다운 아이였어." 아이가 나와 다르다는 것은 내 프레임을 넘어서는 것이다. 그것은 내가 갖지 못한 무언가를 가졌다는 의미이기도 하다. 우리는 서로 다르기 때문에 서로에게 의미가 있다. 다르다는 것은 아름다운 것이다.

씬의 한 수

이 영화는 놀랍게도 실화다. 시카고 대학 교수가 된 첫째아들 '노먼 맥클 레인'이 가정사를 토대로 출간한 동명의 소설을 바탕으로 했다. 이 영화 를 떠올리면 반사적으로 떠오르는 결정적 장면이 있는데 물결이 반짝이는 너른 강가에 서서 긴 낚싯줄을 휘휘 던지는 모습이다. 아마도 카페 인테리어로 영화 포스터 걸어 두는 게 한창 유행이었던 시기에 대학을 다녔기 때문이겠지 싶다. 오래도록 그저 낚시 영화로 알고 있었는데 낚시는 그저 미끼일 뿐이다. 물론 더한 미끼가 있다. 송어를 잡는 브래드 피트의 리즈 시절 미모는 그 자체로 훌륭한 미끼다. 내가 송어라도 기꺼이 그 낚싯바늘을 물기 위해 온몸을 튕겨 뛰어오르리. 이번에 보면서 또 놀란 것은 '조셉 고든 래빗'이 아기아기한 모습으로 어린 시절 노먼 역으로 출연했다는 점이다.

4부

자기만의 시간을
자기 속도로 통과하는 아이

★ 블라인드 사이드 ★

"풋볼선수인데 경기장에서
누가 다칠까 봐 겁을 내"

월령별 발달단계의 모순

추진력 있는, 소위 빠른 사람들의 맹점은 느린 것을 참을 수 없
다는 데 있다. 최애하는 싱어송라이터 '피터'*의 콘서트에 갔다
가 앨범에 사인을 받으려고 긴 줄을 섰다. 그런데 좀처럼 줄이
줄지 않는다. 먼발치서 피터가 사인하는 걸 보니, 한 땀 한 땀 자

---

*   싱어송라이터이자 문화 기획자. 서울 신촌에서 신촌서당을 운영하다 결혼 후 경주로 내
    려가 불국사 옆에 신촌서당을 열고 다채로운 문화행사를 진행 중이다. 독립잡지의 조상
    〈싱클레어〉의 편집장이기도 하다. 피터의 〈너와 오꺼나와〉 앨범은 내가 즐겨 듣는 최애
    앨범 중 하나다.

수를 놓듯 펜으로 한 획 한 획 정성껏 쓰고 있는 게 아닌가. 그것도 이름만 쓰는 게 아니라, 좋은 문구까지 한 줄 더 쓴다. 고구마도 그런 고구마가 없다.

"피터! 길게 줄 서서 기다리는 거 안 보여요? 빨리 좀 써 줘요!"

선천적으로 성질머리 부스터를 탑재한 데다 빨리빨리 병을 가진 나는 오지랖이라는 지병도 있기 때문에 거침없이 말했다. 그러자 피터 왈,

"나는 내 시간을 내 속도대로 쓰는 거예요."

어머머, 나도 내 시간과 속도가 있는데! 느린 사람들의 맹점은 빠른 사람들의 속도를 무슨 문제처럼 여긴다는 것이다. 무리 중에 느린 사람이 있으면 대체로 그 속도를 기다려 주자고 하면서, 빠른 사람의 속도를 따라가 주자는 얘긴 들어 본 적 없다. 느림은 '미학'이라는 말로 칭송받지만, 빠름은 배달 업계나 택배 업계 말고는 일상에서 대접받기가 어렵지 않은가. 대체로 부정적인 상황이 예상보다 일찍 끝날 때나 환영받는다. 지루한 회의나 재미없고 불편한 회식자리 혹은 영 밥맛인 소개팅 상대와의

만남 같은 것 말이다.

그러니까 나란 사람은 외쿡인들이 이구동성으로 꼽는 전형적인 대한민국 DNA인 것이다. 굳이 변을 하자면, 20여 년간 방송 프로그램을 만들다 보니, 일주일에 한 편씩 결과물을 만들어 내는 속도에 익숙해졌다. 성질이 지랄 맞은 건 직업병이라고 둘러대 본다. 즉각, 지금 당장, 롸잇 나우, 무비무비* 하던 내가 '느려 터진 속도'에 적응해야 했던 이유는 한방이 때문이다.

한방이가 23개월이 되었을 때 '월령별 언어 발단단계'를 찾아보니 충격이었다. 한방이가 할 줄 아는 말이라곤 '물', '엄마', '아빠' 정도였는데, 23개월이면 2~3개 이상의 단어가 결합된 간단한 문장을 만들며 자기 자신의 이름을 사용하여 자신을 언급 혹은 강조할 수 있다고 한다. 아마도 대부분의 부모들은 이런 발달단계표를 보고 자괴감과 열등감을 느낄 수밖에 없을 것이다. 어디까지나 그건 우리 아이의 발달단계가 아니다!

서둘러 한방이를 데리고 발달심리센터를 찾았다. 전문가 소견으로, 한방이는 알아듣는 수용언어는 23개월이 맞으나, 표현 언어는 16개월 수준이라고 했다. 7개월이 늦은 셈이었다. 아니, 신

* 〈무한도전〉 팬이라면 알겠지, Move Move를 무도 멤버들은 무비 무비라 했다.

리 앤 투오이 (산드라 블록)

미국 멤피스 거주

넘쳐 나는 돈과 사랑스런 가족까지

신이 행운을 몰빵해 빚은 사람

다만 세상 오지랖까지 함께 갈아 넣고 만

치명적 오지라퍼 끝판왕

체 발달단계는 맨 꼭대기에 있는 녀석이, 왜 언어 발달단계는 이토록 바닥인 것인지, 그게 모두 주 양육자인 나 때문인 것 같아 자괴감만 드는 것이다.

비가 부슬부슬 내리는 쌀쌀한 가을 밤. 리 앤은 가족들과 차를 타고 가다 비를 맞으며 체육관으로 걸어가는 흑인 소년을 발견한다. 흑인 소년은 2미터 가까운 거구라 눈에 띌 수밖에 없다. 추운 날씨인데 반팔에 반바지 차림으로 걸어가는 녀석, 마침 그녀의 딸과 아들이 같은 학교에 다니는 '빅 마이크'라고 알려 준다.

리 앤   빅 마이크. 체육관 닫았어. 거긴 왜 가니?

빅 마이크   거긴… 따뜻해서요.

리 앤   잘 데는 있니?

고개를 가로 젓는 빅 마이크를 무작정 차에 태우고 집으로 향한 리 앤. 마음만 부자인 게 아니라 레알 갑부인 그녀는 1만 달러짜리, 우리 돈으로 천만 원이 넘는 럭셔리한 거실 소파에 잠자리를 떡하니 마련해 준다. 일단 대인배마냥 굴었으나 한편으론 불안 초조가 엄습해 온다. 2미터 거구의 흑인 소년이 밤새 강도로 돌변하면 어쩌나. 그런데 웬걸, 말년 병장 수준으로 침구 각 잡아 개어 놓고 집을 나간 빅 마이크. 하나를 보면 열을 안다고, 리 앤은 빅 마이크의 태도를 보고 마음을 확 연다.

빅 마이크의 본명은 마이클, 녀석이 태어나자 아빠는 가출했고 얼마 전 객사했다. 엄마는 마약중독자라 마이클이 일곱 살 때 아동보호기관이 강제로 분리했다. 쓰레기 같은 부모에게서 DNA 하나만큼은 끝장난 것을 물려받았으니, 2미터 가까운 키에 빠른 운동신경! 대성할 미식축구 떡잎을 알아본 코치 덕에 마이클은 백인 학교에 다니게 됐다. 하지만 집도 절도 없는 터라 체육관에 떨어진 팝콘으로 끼니를 해결하거나 빨래방에서 쪽잠을 자면서 등교를 하는 상황이었다.

리 앤은 마이클을 거두기로 하고, 기어이 법적 보호자가 된다. 마이클만을 위한 방은 물론이고, 태어나 한 번도 침대를 가져본 적 없는 마이클에게 사이즈 맞춤 침대까지 선물한다.
이쯤에서 잠깐! 리 앤이 제아무리 잘나가는 인테리어 디자이너라 해도, 게다가 남편이 미국 전역에 85개 체인점을 둔 성공한 사업가라 해도, 이거 영화가 너무 판타지인데? 세상에 이런 사람이 어딨냐, 캐릭터 설정이 지나치네~ 싶었던 나는 영화 비하인드를 훑다가 깜놀했다. 이게 다 실화라는 사실!

마이클의 IQ는 80, 성적은 하위 6%, 평균 학점이 0.6이었다. 어려서부터 이 학교 저 학교를 전전했던 탓에, 제대로 교육을 받았을 리 만무! 그런데 적성 능력 검사 결과, 엉뚱한 분야에서 월등한 능력을 가졌음을 알게 된다. 바로 보호 본능이 98%. 누군가를 지켜 주려는 본능을 반사적으로 탑재한 아이였다. 그렇다 보니, 미식축구팀에 들어와서도 일체 몸싸움 거부. 덩치는 산만한 녀석이 경기 도중 날아가는 풍선이나 보고 있는 거다.

코치   불우한 애들은 폭력 성향이 있어서 경기장에서
         거칠어지는데 저 녀석은 누가 다칠까 봐 겁을 내.
         타고난 선수라고 믿었는데 괜히 고생해서 입학시켰어.
         생긴 건 타잔인데 하는 짓은 제인이야.

누군가를 해할까 봐 몸싸움을 피하는 마이클을 보면서 코치는 게임 자체를 이해 못 하는 아이라고 단정한다. 하지만, 리 앤은 겉으로는 절대 보이지 않는 마이클의 심성 때문에 오히려 마이클이 대단한 미식축구 선수가 될 거라 믿는다. '보호본능 98%'라는 능력을 가진 마이클은 동네 불량배들로부터 리 앤을 보호한 적이 있다. 그리고 차 사고가 났을 때, 자동차 앞좌석에 앉은 리 앤의 어린 아들을 보호하려고 팔을 뻗어 온몸으로 에어백을 막기도 했다.

리 앤 마이클! 후진 티셔츠 사러 험한 동네 갔을 때 기억나?

내가 무서워하니까 나 지켜 준다고 했지, 기억해?

누가 날 공격하면 넌 막아 줬을 거야.

그리고 우리 아들 차사고 났을 때

에어백을 어떻게 했지? 네가 손으로 막았어!

풋볼팀이 네 가족이야.

적들로부터 지켜야 돼, 알겠니?

가족을 지킬 수 있지?

마이클은 그제야 미식축구를 이해한다. 상대와 싸우는 게 아니라, 상대의 공격에서 자기 팀을 보호하는 게 자신의 임무라고 말이다. 미식축구에서 전술을 책임지고 볼을 전달하는 리더가 '쿼터백'인데, 영화의 제목이기도 한 '블라인드 사이드'는 쿼터백이 볼 수 없는 사각지대를 의미한다. 마이클은 보호본능 98% 능력으로 사각지대를 엄호하는 발군의 실력을 발휘한다.

마치 영화 속 마이클처럼, 신체 발달단계 상위권에 속하는 한방이의 언어 발달단계는 하위권이었다. 눈에 보이는 것들을 수치화한 결과표에서 절대로 확인할 수 없는 한방이의 '블라인드 사이드'는 무엇일까. 발달심리센터 전문가는 한방이가 소극적이며 온순한 아이라고 했다. 그런 아이들은 실수를 두려워하는 경향이 있어 스스로 완벽하기 전에는 쉽사리 밖으로 말하기를 꺼린단다. 그러니까 한방이는 '두려움 본능 98%'인 아이였다.

무언가를 시도하고 도전하는 것이 두렵다는 것은 반대로 보면 조심성이 많고 의심이 많다는 의미이며, 이후 벌어질 일을 상상하는 능력이 발달되었다는 뜻이 아닐까. 승질머리가 급한 나는 소심하고 느려터진 한방이의 '블라인드 사이드'에서 긍정을 읽어 내려 애썼다.

그 후, 밤마다 불을 끄고 누워서 한방이에게 '동요 메들리'를 불러 주었다. 〈산토끼〉, 〈나비야〉, 〈퐁당퐁당〉처럼 쉬운 어휘의 동요 리스트를 20개가량 외워서 생목으로 재생했다. 무슨 동요 플레이어인 양. 그러면 한방이는 개미만 한 목소리로 엄마가 들을까 봐 숨죽여 그 노래들을 흥얼댔다. 나는 못 듣는 척 쌕쌕 코를 고는 시늉을 했다. 그 후 1년쯤 지났을까. 한방이는 제발 그만했으면 좋을 만큼 수다스러운 아이로 변해 갔다. 말이 너무 많아 유치원에서는 식사 시간에 별도로 자리배정을 받아야 할 만큼.

초등학교 교실에서도 아이들의 속도는 길면 5년까지 차이가 난다고 한다. 아이들 저마다 눈에 보이지 않는 '블라인드 사이드'가 있는 셈이다! 한방이에겐 한방이만의 발달단계가 따로 있고, 스스로 준비가 되었다고 느끼는 속도와 시간이 다른 것이다. 밤마다 웅얼거리며 조금씩 성장하는 그 시간을 엄마는 모르는 척 그저 믿고 기다리면 되는 것이었다.

마이클 오어는 2009년 NFL 1차 드래프트에서 5년 동안 1380만 달러, 무려 157억 원의 계약금을 받으며 '볼티모어 레이븐스' 주전이 되었다. 이집 저집 떠돌던 노숙자 소년에서 하루아침에 천정부지 몸값을 자랑하는 미식축구 선수로 대박 반전 인생의 주인공이 된 셈인데, 찾아보니 실제 마이클 오어가 이 영화를 싫어한다는 기사가 있었다. 영화 속에서 자신을 지나치게 의존적이고, 덩치만 큰 순둥이로 그렸기 때문이란다. 미안하지만 나는 마이클 오어를 연기한 순둥순둥한 매력의 퀸튼 아론 덕에 이 영화가 빛이 났다고 생각한다. 퀸튼 아론은 이십대 중반에 고등학생인 마이클을 연기했는데, 동안인 데다 호감형이고 눈빛이 너무 착해서 보호본능을 일으킨다. 그는 영화 오디션 당시, 캐스팅이 불발되면 영화촬영 세트 경비로라도 고용해 달라고 감독에게 부탁했을 만큼 형편이 어려웠다. 그리고 얼마 후, 갑작스럽게 어머니가 세상을 떠나면서 아파트에서 퇴거당할 위기에 몰렸을 때 가까스로 캐스팅 소식을 들었다고 하니, 퀸튼 아론 스토리도 마이클 오어만큼이나 영화 같다.

"싱고는 포볼을 기다린 건데"

아들 머릿속의 지우개

한방이는 초등학교에 들어가 한글을 배웠다. 입학도 하기 전에 코로나가 터져서 학교를 두 달가량 못 갔는데 이러다 애 까막눈 되는 거 아닌가 싶었다. 사실 요즘 한글을 모른 채로 입학하는 애들은 거의 없는 것 같다.

와, 저 부모, 패기가 대단한데? 뭔가 대단한 교육관이 있나? 생각한다면 그것은 경기도 오산이다. 아니면 아이의 속도나 가능성을 기다리는 부모인가? 묻는다면 그것도 경기도 용인할 수 없다. 정답은 경기도 구리지만 '어떻게든 되겠지?'에 가깝다.

(오글거리면서도 지명을 끝까지 포기하지 않는 스스로가 전라도 무안하다.)

어려서 내가 한글을 어떻게 뗐는지 기억에 없다. 마이애미에게 물어 보니 나는 네 살쯤 글을 읽었다고 했다. 남편에게 물어 보니 그 역시 입학 전에 뗐고, 그 과정은 잘 기억이 나지 않는단다. 한글을 입학 전에 알았다고 무슨 영재나 천재는 아니지 않나. 남편과 나도 양심이 있는 편이라 우리 DNA 결합물이 '교과서 위주로 공부했고, 공부가 제일 쉬웠어요.' 부류는 아닐 거라 생각했다. 여기서 함정은 우리를 평균으로 설정하고 그 아래는 고려하지 않았다는 데 있다.

영화 〈본 얼티메이텀〉에 이런 대사가 있다. 'Hope for the best, Plan for the worst' 최고를 희망하되, 최악을 대비하라! 하지만 평균 이상을 희망했을 뿐, 그 이하를 대비 못 한 나는 큰 시험에 들게 되었다.

일곱 살이 됐는데도 한방이는 한글에 관심조차 없었다. 그렇다고 조급하지는 않았다. 쥐도 새도 모르게 한글을 뗐던 나와 남편의 경험 때문이기도 하고, 뇌가 문자를 받아들이는 최적의 시기가 7~8세라고 어디선가 읽었기 때문이다. 입학을 몇 달 앞두고 유치원 엄마들에게 물어 보니 대부분의 아이들이 이런 저런

엄마를 키운 영화 속 멘토 ─────────

료타 (아베 히로시)

일본 도쿄 거주

15년 전 등단한 소설가

모친은 아들이 대기만성형이라 믿지만 그저 대기상태

호구지책으로 흥신소에서 불륜전문 탐정을 하나

이혼한 전 부인의 연애남이나 추적하는 중

방법으로 한글을 배우고 있었다. 주변의 추천을 받아 5세 수준의 학습지로 집에서 직접 가르치기 시작했는데, 오 마이 갓! 신은 초단위로 나를 시험에 들게 했고, 나는 지하에 계신 세종대왕님을 자꾸만 소환했다. 아니 세종대왕님, 현명한 자는 반나절이면 깨치고, 어리석은 자도 열흘이면 깨친다고 하셨잖아요. "한방아, 세종대왕님이 이런 너의 모습을 보면 얼마나 슬퍼하시겠니?"를 반복하다가 결국 나는 '한방이=바보 멍청이'라는 조속한 결론에 도달했다.

한방이는 뇌가 매우 청순하고도 순결한 아이였고, 가르치면 바로 리셋이 되면서 깨끗하게 초기화되었다. 가령 숱하게 '곰'이라는 단어를 본 뒤에, '고' 밑에 들어갈 받침을 물어보면 한방이는 뭐라도 하나 걸려라 하는 식으로, 'ㄱ?', 'ㄴ?', 'ㄷ?' 'ㄹ?' 차례로 대는 식이었다. 그러니 내가 열불이 나, 안 나.

가족들의 시시콜콜한 일상을 우려내 첫 소설을 쓰고 등단한 료타. 그 후 이렇다 할 작품 없이 무늬만 작가로 내내 천덕꾸러기 신세로 지내던 그는 홍신소에 취직한다. 맡은 일은 탐정이라 쓰고 증거수집가라 읽는 불륜추적자. 작가로는 실패했지만 조작가로 능한 자신의 잔머리를 발견하는데, 한 남편이 아내의 뒷조사를 의뢰하면 그 아내를 만나 불륜증거를 조작해 주겠다는 딜을 하고 이중으로 수고비를 받는 식이다. 남편에게는 의뢰비를 받고, 아내에게는 삭제비를 받고! 추가로 그 아내가 남편의 불륜 역관광을 부탁하게 되면 삼중으로 돈을 번다.

료타는 이혼한 전 부인과의 사이에 중학생 아들 '싱고'를 둔 아빠다. 하지만 매달 5만 엔의 양육비를 밀린 지 오래. 이혼의 사유가 자신의 무능력이 8할이라, 전 부인과 아들에게 스미마셍한 상황이다. 중학교 야구부인 아들에게 글러브를 사 주기로 약속했지만 전 부인의 새 남친이 선수를 친다. 심지어 제일 비싼 브랜드로. 질 수 없어서 대신 스파이크화를 사 주겠다며 아들을 매장에 데려가는데, 아빠의 주머니 사정을 뻔히 아는 아들이 고른 건 저렴이 브랜드. 자존심에 스크래치가 난 료타는 보란 듯 제일 비싼 스파이크화를 집어 들더니, 점원이 한눈 판 사이 스파이크화 옆면에 스크래치를 낸다. 그러곤 불량이니 싸게 달라고 딜을 한다. 료타 인생의 모토는 오대수, 오늘만 대충 수습한다.*

그러던 어느 날, 치정현장 대신 아들의 경기현장을 보러간 료타. 먼발치서 지켜보는데 전 부인이 새 남친과 함께 아들을 응

* 박찬욱 감독의 영화 〈올드 보이〉의 주인공 이름으로 스스로를 소개할 때 이렇게 말한다.

원하러 온 거다. 그때 마침 타석에 선 싱고, 그것도 대타로 어렵게 얻은 찬스다. 그런데 방망이 한 번 휘두르지 못하고 허무하게 루킹 삼진을 당한다. 그 광경을 망원경으로 지켜보던 료타의 혼잣말, '싱고는 포볼**을 노린 건데….' 헛스윙이라도 해보지 않고, 패자처럼 타석을 나오는 싱고를 보고 엄마의 새 남친은 기어이 한마디 한다.

새 남친   대타로 나가서 못 친 건 제일 안타까운 거야.

                       승부를 걸었어야지.

싱고   포볼을 노린 건데….

새 남친   그런 식으로 진루해 봤자 영웅은 못 돼.

싱고   영웅 안 돼도 되거든요.

새 남친   영웅 안 돼도 돼? 싱고의 영웅은 누구니?

                       존경하는 사람 말야.

**   야구 경기에서 투수가 던진 공이 스트라이크가 아니라 볼이 4개가 되었을 때 타자를 1루
에 진루시키는 것을 말한다.

싱고   할머니요.

새 남친   존경하는 사람을 가족이라고 하면
             입시 면접에서 바로 떨어져.

매사 승부를 걸지 못했던 수동형 전 남편과 이혼한 엄마는, 매
사 승부를 거는 공격형 새 남친을 만나고 있다. 아마도 그 남자
는 살아오면서 자기 뜻대로 안 풀린 적이 거의 없을 것이다. 말
과 행동 모두가 목표 지향적이니까 그에게 인생은 쉬운 게임일
수도 있겠다.

하지만, 무조건 상대의 공을 치는 것만이 승부는 아니다. 인생
에서 포볼을 기다리는 사람도 있는 것이다. 료타는 아들 싱고가
'포볼'을 노린다는 걸 알았다. 매번 안타를 치고 진루해야 하는
건 아니지 않나, 1루로 나가는 방법은 다양하고 포볼도 진루하
기 위한 작전이다. 며칠 뒤 료타는 아들과 단둘이 깊은 대화를
한다.

료타   싱고는 크면 뭐가 되고 싶어?
싱고   공무원.

료타	프로 야구선수가 아니라?

싱고	아빠는 뭐가 되고 싶었어? 되고 싶은 사람이 됐어?

료타	아빠는 아직 되지 못했어. 하지만 되고 못 되고는 문제가 아냐. 중요한 건 그런 마음을 품고 살아갈 수 있느냐는 것이지.

싱고	정말?

료타	정말이야. 정말이야. 정말이야. 정말이야.

아들 싱고의 장래희망은 공무원이다. 그 꿈이 프로 야구선수보다 못한 거라고 누가 말할 수 있을까. 료타는 아들 싱고에게서 자신을 보았을 거다. 방망이를 휘둘러 봤지만 매번 헛스윙이었던 인생. 그래서 그는 포볼을 기다리는 아들 싱고의 마음을 헤아릴 줄 안다.

한방이에게 한글을 가르치면서 내가 가장 많이 했던 말은 '이게 안 돼?'였다. 나는 이미 한글을 읽고 쓰고 잘하니까, 나는 네살 때 한글을 뗐으니까. 한글이 쉬웠던 나는 한방이의 어려움이나 괴로움은 '안물안궁'이었던 거다.

'이게 안 돼?'는 레전드 오브 레전드 투수, 선동열의 단골 멘트라고 야구팬들이 우스갯소리로 하는 말이다. 천재 투수 선동열이 삼성 라이온즈의 감독이 된 후, 팀의 투수들이 던지는 모양새를 보자니 답답해서 저렇게 말했을 거라고 말이다. 선동열 입장에선 '이거 참 쉬운 건데 뭐라고 설명할 방법이 없네~'가 아니었겠는가.

반면, 염경엽도 있다. 그 역시 야구선수 출신으로 넥센 히어로즈의 수장을 맡은 바 있다. 선수시절 통산 타율이 1할대(0.195), 그러니까 공 10개 중에 안타는 고작 1개 정도 치는 타자였다. 그런 그가 감독이 되자, 히어로즈 타자들이 그야말로 그라운드를 날아다녔다. 그때 야구팬들은 이런 짓궂은 농담을 했다. 아마도 염경엽은 자기보다 훨씬 잘 때리는 선수들에게 '야! 니들 왜 이렇게 잘 치냐~ 니들 최고다~' 이런 식으로 응원만 할 거라고.

한방이가 한글이라는 새로운 승부 앞에 섰을 때, 나의 적절한 스탠스는 무엇이었을까. 아이가 한글이라는 난생처음 날아오는 공이 두려워서 일단 익숙해지기 위해 기다리고 있음을 눈치 챘더라면 좋지 않았을까. 아이가 포볼을 기다리고 있다는 걸 알아주고, 그냥 응원만 하는 게 내 몫이었을 거다.

마지막 엔딩 크레딧에 흐르는 <심호흡>이라는 주제곡이 너무나 좋다. 가사도 참 좋다. '꿈꾸던 미래가 어떤 것이었건, 잘 가. 어제의 나. 맑게 갠 하늘에 비행기, 구름. 나는 어디로 돌아갈까. 잃어 버린 건 없을까. 잘 가. 어제의 나. 눈을 감고 불러 보네. (중략) 그대여! 내가 나를 믿지 못할 때에도 그대만은 나를 믿어 주었지. 꿈꾸던 미래가 어떤 것이었건, 헬로 어게인. 내일의 나. 놓아 버릴 수 없으니까 한 걸음만 앞으로. 한 걸음만 앞으로. 또 한 걸음만 앞으로'

"우린 반쪽짜리 진실만 볼 수 있나요?"

30점에도 만족하는 아이

한글 가르치다가 애를 잡겠다 싶어서 더 이상 진도를 빼지 않았다. 게다가 한방이가 입학할 초등학교에서는 한글을 가르치지 말고 보내라 신신당부를 하니 한시름 놓게 됐다. 생각해 보니 미리 공부를 한다는 것, 그러니까 선행학습은 '스포일러'와 비슷한 게 아닐까 하는 결론에 도달했다. '브루스 윌리스가 귀신이다'* 라거나 '절름발이가 범인이다'** 같은 영화의 결정적 반전이나 결말을 알면 김이 새듯, 뻔히 알고 있는 걸 배우는 게 뭐가 재밌겠는가.

결국 한방이는 한글의 자음과 모음 정도만 알고 입학했는데 큰 무리는 없어 보였다. 그러다 드디어 받아쓰기 시험을 본 어느 날! 아이는 10개 문항 모두 틀린, 빵점짜리 시험지를 들고 집에 왔다. '떡볶이, 볶다, 앉다, 많다, 읽다, 볶음밥, 삶다, 맑다, 엎다, 꺾다' 이렇게 10개 단어였다. 물론 분식점에 '떡볶기'라고 쓴 곳도 많고, 어른들도 헷갈릴 수 있는 받침들이긴 한데, 반타작도 아니고 올 빵점이라니. 하지만 내가 파르르한 이유는 따로 있다.

엄마들이 가장 조심해야 할 절대 권력자는 '옆집 엄마'이고, 아이들이 가장 경계해야 할 친구는 엄친아, 엄친딸이 아니던가. 옆집 엄마에게 그 집 아들은 몇 점이냐고 물어 본 게 화근이었다. 글쎄, 옆집 아이는 90점이었다. 대애박! 게다가 담임선생님이 하루 전, 미리 10개 단어를 알려 주셨다는 거다. 대 투 더 박!

그다음 상황은 짐작하는 그대로다. 한방이를 잡는다. 빗발치는 엄마의 잔소리 잔소리 잔소리의 쓰나미 속에서 한방이는 틀린 단어 다섯 번씩 쓰기 숙제를 한다. "옆집 애는 1개 틀려서 그것만 5번 쓰면 끝나는데, 너는 10개를 다 틀려서 50번 써야 하

---

*   영화 〈식스 센스〉의 반전

**   영화 〈유주얼 서스펙트〉의 반전

네." 빈정거림을 시작으로 "너는 선생님이 내일 시험 본다고 한 걸 몰랐니?" 추궁도 했다가, "엄마는 말이야, 1학년 때 받아쓰기 시험 맨날 백 점이었어!" 어디서 알리바이도 대지 못할 '라떼는 말이야'를 시전하기도 하고, "아무 생각 없이 베껴 쓰지만 말고, 큰 소리로 틀린 단어 읽으면서 써!!!!!" 윽박지르기를 연이어 반복했다. 늦게 퇴근한 남편은 한방이의 올 빵점 시험지를 보더니 딱 한마디 했다. "이래서 부모들 눈이 돌아가는구나!"

그리고 문제의 다음 날이 도래했다. 놀랍게도 담임선생님은 어제와 똑같은 단어로 재차 받아쓰기 시험을 내셨다. 여기서 문제 나간다.

> **Q.** 자, 어젯밤 분명 한방이는 틀린 단어 10개를 다섯 번씩 썼다.
> 과연 이번에 한방이는 몇 개나 맞았을까?

> ① 10개 만점 ② 5개 반타작 ③ 3개 3할 타율 ④ 0개 또 빵점

①번 만점이라고 답하신 분이 계시다면 그분은 글의 분위기와 맥락을 전혀 못 짚고 계시는 분으로 상당한 낙관주의자다. ② 번 반타작이라고 답하신 분은 냉정과 열정 사이, 정가운데쯤 서 계신 균형 잡힌분이다. ④번 빵점을 주저 없이 고르셨다면 우리

아이를 그야말로 '알'로 보시는 거다. 정답은 ③번! 야구팬인 엄마, 아빠를 배려한 건지 3할 타율을 기록했다. 더 놀라운 것은 아들의 정신 승리인데, 들어오자마자 3개 맞은 시험지를 보여주며 이렇게 말했다.

엄마! 나 어제 다 틀렸잖아. 그런데 오늘은 3개 맞았지?
그리고 옆집 애는 어제 1개 틀렸잖아. 오늘은 다 맞았어~
나는 0개에서 3개 맞았으니까 잘했고
옆집 애는 1개 틀렸다가 오늘은 다 맞았으니까 잘했어.
우리 둘 다 똑같이 잘한 거야.

이럴 때 영화 〈베테랑〉의 유아인을 소환해야 하는 거다. '어이가 없네~' 빵점에서 30점 맞은 자신과 90점에서 100점 맞은 옆집 애가 똑같다니, 반박을 할 수 없을 만큼 빈틈이 없는 이 논리! 이건 어느 나라 계산법인가.

올해 여덟 살인 양양은 중산층 가정에서 남부럽지 않은 하루하루를 사는 꼬마다. 다만 요즘 가정사는 조금 복잡하게 돌아가고 있다. 최근 외할머니는 고혈압으로 쓰러져 식물인간 상태이고, 그런 친정 엄마를 간호하느라 엄마는 녹초가 된 상황, 일곱 살 많은 사춘기 누나는 친구의 남친을 짝사랑하고, 아빠는 결혼 전

엄마를 키운 영화 속 멘토 —————

양양 (조나단 창)

대만 타이페이 거주

8세 남자아이

'세상은 요지경'이라는 사실을 인생사 8년 만에 깨우친

장래가 촉망되는 될성부른 떡잎 유형

사귄 옛 애인을 우연히 만난 후 흔들리고 있다. 알 수 없는 그들의 세계도 분주하지만, 여덟 살 양양의 세계도 못지않게 파란만장하다.

어느 날, 학교에 풍선을 가지고 간 양양, 때마침 반에서 키도 제일 크고 발달이 빠른 여자애를 남자아이들이 놀리고 있다. 그 옆에서 양양은 풍선을 가지고 놀았을 뿐인데, 여자애는 선생님에게 공범이라고 고자질한다. 잠시 후 교실에 들어온 담임 왈, "학교에 누가 '콘돔'을 가지고 왔냐?" 풍선을 콘돔으로 둔갑시킨 여덟 살 여자애의 발랑 까짐이라니. 진실을 알 턱이 없는 담임은 양양을 불러 세우고 콘돔을 꺼내라고 다그치는데 양양은 콘돔이 뭔지를 모른다. 그런 것 없다고 담임에게 얘기하다가 "선생님이 직접 본 것도 아니잖아요?" 반문하는 양양. 하지만 기어이 담임은 양양의 주머니를 뒤지기 시작한다. 그런데 주머니에서 튀어나온 건 '풍선'! 당황한 담임은 멋쩍어 풍선을 던져버리고 "앞으로 조심해!"라는 경고를 날리고 사라진다.

이 사건으로 양양은 '사람들은 눈으로 보지 않으면 믿지 않는다'는 사실을 깨닫게 된다. 그리고 눈으로 모든 걸 확인하려고 든다. 며칠 뒤, 엘리베이터 앞에서 옆집 아줌마를 마주치는데 그녀는 선글라스를 끼고 있다. 그러자 양양은 아줌마 앞으로 가서 얼굴을 빤히 올려다본다. 민망해진 양양의 아빠는 옆집 아줌마가 가고 난 뒤 양양에게 한소리 한다.

아빠   양양, 사람을 그렇게 뚫어져라 보면 안 돼.

                버릇 없는 거야. 기분 나빠한단다.

양양   왜 우울한지 궁금해서요. 뒤에선 알 수가 없잖아요.

아빠   우울한 건 어떻게 알고?

양양   어젯밤에 큰소리 치면서 싸웠거든요.

                내 방까지 다 들렸어요.

아빠   그랬어?

양양   아빠, 아빠가 보는 걸 난 못 보고, 난 보는데 아빤 못 봐요.

                둘 다 보려면 어떡해야 하죠?

아빠   그건 생각 못 해 봤는데 그래서 카메라가 필요한 거란다.

                카메라로 찍어 보렴.

그 후, 양양은 아빠가 건네 준 카메라로 여기저기를 찍고 다닌다. 천장에 붙은 모기를 시작으로 어딜 가든 카메라를 들고 자신이 본 것들을 마구 마구 증거인 양 찍어댄다. 급기야 양양이 주목하게 된 건 뒤통수다. 여덟 살 사진작가의 기가 막힌 작품의 변을 들어 보자.

양양   **우린 반쪽짜리 진실만 볼 수 있나요?**

아빠   무슨 말인지 모르겠구나.

양양   **앞만 보고 뒤를 못 보니까 반쪽짜리 진실만 보이는 거죠.**

0개에서 3개를 맞았으니 잘한 거라고 말하는 아이에게서 내가 보지 못한 것은 무엇일까, 0점에서 30점이 된 것과 90점에서 100점이 된 게 똑같은 거라는 아이의 생각에서 내가 미처 읽지 못한 것은 무엇일까. 내가 볼 수 없었던 반쪽짜리 진실은 아이가 노력했다는 사실, 그리고 앞으로도 노력하면 조금 더 잘할 수 있을 거라는 가능성이었으리라.

까마득한 국민학교* 시절, 매 학기가 끝나고 받는 생활기록표에는 각 과목별 성적이 기록돼 있었다. 당시에는 '수, 우, 미, 양,

가'로 평가했는데 '수'와 '우'를 제외하고 다른 세 글자는 부끄러운 글자였다. 그런데 얼마 전 그 의미를 새롭게 알게 되었다. '수秀'는 빼어나다, '우優'는 뛰어나다, '미美'는 아름답다, '양良'은 양호하다, '가可'는 할 수 있다, 할 만하다는 뜻이란다.**
그러니 수우미양가는 등급을 나누고 구별하려는 글자라기보다는 격려하기 위한 글자였던 것이다. 나도 잘했고, 너도 잘했다. 한방이는 이걸 알고 있었던 걸까? 0점에서 30점 받았으니 아들은 '가'에 해당될 것이다. 앞으로 더 잘할 수 있고 충분히 할 만한 자질을 갖고 있구나, 하고 칭찬했더라면 얼마나 좋았을까.

'만족'이라는 단어도 근래 다시 배웠다. 차다 만滿, 발 족足, 물이 허리나 가슴, 머리까지 차오른 상태가 아니라, 고작 발목에 찰랑거리는 정도가 만족이라는 것이다. 그 정도면 충분하다는 것이다. 나는 대체 아이가 몇 점을 받아와야 만족스러워했을까? 한방이는 30점 받은 시험지를 들고도 만족한 표정이었는데 말이다.

---

* '일본 국왕의 국민이 다니는 학교'라는 뜻의 '황국 신민 학교'를 줄인 말이 '국민학교'다. 광복 이후에도 계속 쓰이다가 1995년 8월에 광복 50주년을 맞아 우리의 민족정신에 걸맞은 새 이름으로 바꾸기로 결정하면서 '초등학교'가 되었다.

** 이명학, 『어른이 되어 처음 만나는 한자』, 김영사 2020 참고

이 영화를 나의 인생영화로 꼽는 이유는 볼 때마다 다른 지점이 보이기 때문이다. 이번에 새로 발견한 장면은 영화 중간에 캐릭터들이 뭔가를 깜빡하는 것들이었다. 아빠는 방 안으로 들어와 서랍을 분주히 뒤지다가 '뭘 찾으러 왔지?' 멈칫하고, 아빠의 친구는 엘리베이터를 타고 내려왔다가 '왜 내려왔더라?' 하고는 다시 올라간다. 마흔이 넘어 봐야 공감이 가는 부분이라 이제야 내 눈에 들어온 모양이다. 이 영화는 에드워드 양 감독이 쉰 살 넘어 만든 유작인데, 감독은 우리가 놓치고 사는 것들에 대해 얘기하고 싶었던 게 아닐까.

★ 메리와 맥스 ★

"난 천국에서 초콜릿을 담당할 거야"

모든 아이들은 반짝이는 언어를 품고 있다

혹자는 되도록 한글을 일찍 가르치지 말라고 당부한다. 언어의 세계를 빨리 알아 버리면 정해진 어휘와 문장에 갇혀서 아이다운 상상력이 발현되는 시기를 지나쳐 버린다고 말이다. 나는 그 의견에 전적으로 동의한다. 한방이는 초등학교 입학 전까지 까막눈이었는데 그 덕에 나는 한방이가 내뱉은 아름다운 문장들을 들을 수 있었다. 그 순간들을 붙잡기 위해서, 한방이 어록 수첩을 따로 만들었다. 목표는 한방이의 말들을 일기처럼 메모하는 것이었지만 알다시피 모든 작심은 3일로 끝난다. 나의 기록은 보름을 넘기지 못했다. 아, 나의 작심은 15일이구나, 나란 사람에 대해 새롭게 알게 된 것으로 마무리.

어쨌건 그 짧은 보름의 기록을 들춰 보니, 한방이가 "엄마, 나는 떨어질 예정이야."라며 '예정'이라는 단어를 처음 쓴 날이 네 살이었던 2016년 1월 2일이고, "엄마, 짜증 나! 짜증 나, 엄마."라고 '짜증난다'는 표현을 처음 쓴 건 1월 5일이다. '짜증난다'는 표현은 사촌 형아한테 배운 거라는 출처도 언급되어 있다.

〈2016년 1월 12일〉
엄마는 선물 뭐 받고 싶어? 라고 물어보길래
반짝이는 하얀 알갱이가 달린 목걸이, 라고 대답했는데
아~ 하얀색! 냉장고 같은 거? 라고 말했다

이렇듯 특별할 게 없는 기록들이 보름간 이어진다. 아마도 매일 한방이가 눈부신 미사여구를 내뱉었다면 '이러다 우리 아들이 최연소 시집을 내려나!' 싶어 신이 나서 기록했을 것이다. 읽다 보니 보름으로 접은 이유를 알 것 같다. 그러다 불쑥, 한방이는 엄마가 '꺅' 하며 좋아할 문장들을 시인인 듯 시인 아닌 듯 던져 주곤 했다.

〈2016년 1월 3일〉

"한방아 너는 어른이 되면 엄마보다 더 클 거야."라고
했더니,

"어른이 아니라 얼음! 얼음이 되는 거야." 라고 말했다.

악동뮤지션이 〈얼음들〉이라는 노래 가사에서 '어른들'을 '얼
음들'에 비유한 것처럼, 난데없이 이리 던진 것이다. 악뮤는 차
가운 어른들(얼음들)이 녹아서 물처럼 흐르고 섞이면 얼마나 좋
을까를 노래한 것이다. 물론 한방이는 그 의미까지 닿진 못했지
만, 어른과 얼음의 유사한 발음을 스스로 찾아냈으니, 장차 랩
이라도 흥얼거리지 않겠는가.

엄마, 오늘 새로운 친구들이랑 놀았어.
피자처럼 생긴 애랑
젓가락처럼 생긴 애랑.

대체 피자랑 젓가락처럼 생겼다는 건 어떤 의미일까 싶어서 유
치원 홈페이지에 올려진 사진을 함께 들여다본 적도 있다. 결론
은 더욱 미궁에 빠져 버렸다.

엄마, 러시아 수도가 모스크바인 거는

추운 나라여서 그래.

추운 건 '바'가 들어가거든.

죠스바, 멜론바, 수박바.

한참 유치원에서 세계의 수도를 배울 때는 이런 말도 했다. 한글을 배우기 전이었으므로, 한방이는 '바'에 대한 개념이 없었던 거다. 그래서 자기 나름대로 논리적 추론을 한 게 시가 되었다. SNS에 자랑삼아 올렸더니, 친애하는 싱어송라이터 피터가 자신의 곡에 가사로 써도 되는지 물어 보기도 했다.

엄마, 홍삼영양제를 먹으면

감기에 안 걸리니까

홍삼영양제는 겨울의 방패야.

겨울에 홍삼영양제를 챙겨 먹일 때는 이렇게 말했다. '홍삼영양제는 겨울의 방패' 정말 기막힌 광고문구 아닌가. 홍삼영양제 광고주분들 보시면 따로 연락 주세요.

어떤 저녁엔 "엄마, 추억탕이 먹고 싶어. 추억이 생각날 것 같아." 한방이는 추어탕이 추억탕인 줄 알았다. 잠자리에 누워서는 "엄마, 영혼이 사랑해~" 한방이는 영원히를 영혼이라고 생각했다.

자신의 영혼을 다해 사랑한다고 말이다. 나는 이 모든 게 한글을 늦게 뗀 덕에 가능했다고 본다.

어떤 날은
"엄마, 오늘은 세상이 눈물방울로 보여."

또 눈 내린 겨울날엔
"엄마, 눈은 구름이 땅으로 내려앉은 것 같아."

그리고 안개가 잔뜩 낀 날은
"엄마, 안개 낀 산은 비밀을 품고 있는 것 같아."

시는 익숙함에서 낯선 것을 건져 올리는 게 아닌가. 늘상 사용하는 뻔한 어휘와 문장들을 한방이라는 체에 걸러 보여 줄 때, 잠시잠깐 내 세계도 환해지는 기분이 든다. 아마도 어린이라는 시기를 통과하는 모든 아이들은 이렇게 반짝이는 언어를 품고 있으리라.

주인공 메리는 여덟 살이다. 영화에선 메리에 대해 이렇게 설명한다. '메리의 눈동자는 진흙탕 색깔이었다. 얼굴의 점도 응가색이었다.' 흙빛 눈동자와 응가색 점을 지닌 얼굴, 검은 머리칼에

매리 데이지 딘클(토니 콜렛 목소리)

호주 마운트 웨이버리 거주

알코올 중독에 도벽을 탑재한 골초 엄마와

죽은 새 박제가 취미인 아빠 밑에서

꿋꿋하게 순수한 8세 여아

44세 뉴요커 싱글남과 장거리 펜팔하는 게 유일한 낙

검은 뿔테 안경을 쓴 메리는 오늘도 혼자 논다. 부모에게 방치된 아이다.

메리의 아빠는 티백 공장에서 얼그레이 티백에 실을 연결하는 일을 하고, 집으로 돌아오는 길에 고속도로에서 죽은 새들을 가져와 박제한다. 엄마는 골초에 알코올 중독자, 그리고 도벽까지 있다.

"넌 사고였어!" 엄마는 이 말을 달고 산다. 메리는 그게 무슨 뜻인지 궁금하다. '아빠가 맥주를 다 마시면 맥주잔 안에서 발견되는 게 아기라고' 할아버지는 설명해 준다. 그러니까 아빠가 술 마시고 제 정신이 아닌 상황에서 널 낳았다는 얘긴 거다. 하지만 여덟 살의 순수한 메리는 맥주잔에서 아기가 나온다는 게 신기하기만 하다. 혹시 미국 사람들은 콜라를 많이 마시니까 콜라캔에서도 아기가 나오지 않을까? 메리는 전화번호부를 뒤져 맥스 제리 호로비츠라는 뉴욕 남자에게 편지를 보낸다. 그런데 맥스가 보낸 동심파괴 답장!

맥스   안타깝게도 미국에서 아기는 콜라캔에서 태어나지 않는다.

내가 4살 때 어머니에게 물어 봤을 땐

랍비가 알을 낳고 알에서 아기가 나온다고 했다.

유대인이 아니면 수녀가 알을 낳겠지.

종교가 없다면 외로운 창녀가 낳겠지.

미국에서는 이렇게 나온단다.

메리가 전화번호부에서 우연히 찍은 남자, 마흔네 살 싱글남 맥스는 아스퍼거 증후군을 앓고 있다. 그는 사람들의 표정을 읽지 못하고 자신의 감정표현에도 서툴다. '법은 지켜야 하는 것', '담배꽁초는 휴지통에 버리는 것'처럼 상식을 따르고 규칙을 지켜야 하는데 사람들은 자꾸 비논리적으로 행동하고 세상은 이상하게 굴러간다.

맥스   지난 주 난 꽁초를 128개나 주웠어.

          뉴욕 사람들은 늘 함부로 버려.

          왜 법을 안 지키는지 이해가 안 돼!

          꽁초는 나빠, 왜냐면 바다로 쓸려 가서

          물고기들이 담배를 피우면 니코틴 중독이 되니까.

마흔네 살 맥스와 여덟 살 메리는 절친이 된다. 어린이와 진정한 친구가 될 수 있는 어른의 조건은 일단 상식이 통하고 준법정신이 투철해야 한다. 절대 공감이다. 학교에서도 집에서도 외톨이인 메리는 맥스가 있어 덜 외롭다. 맥스가 양파 썰 때 빼고는 눈물이 나오지 않는다고 하자, 메리는 슬픈 상상을 하며 빈

병에 눈물을 잔뜩 모아 보낸다.

메리   아저씨는 친구가 없다고 했는데 사실 저도 그래요.

        어제는 학교에서 버니가 제 샌드위치에 오줌을 누었어요.

        그리고 제 얼굴의 점을 놀렸죠.

맥스   많은 생각 끝에 해결책을 찾은 것 같다.

        버니에게 말해.

        원래 네 점은 초콜릿이고

        네가 천국에 가면 초콜릿을 담당할 표시라고!

        (물론 거짓말이야)

        난 거짓말을 싫어하지만 이 경우엔 좋은 거 같구나.

메리   버니에게 말했어요

        난 천국에서 초콜릿을 담당할 거라고요.

        버니는 소리치며 도망갔죠.

버니는 천국에서 초콜릿 왕따를 당할 것이다. 메리가 초콜릿을
담당하게 될 테니까. 메리와 맥스가 주고받는 편지를 보다 보면
어느 순간 맑은 눈물이 고인다. 디톡스하는 기분이랄까. 때 묻
지 않은 청정한 세계에 대한 경외감이 든다.

인공지능이 인간의 업무를 대신하는 4차 산업혁명 시대에도 인간만이 할 수 있는 영역이 존재한다. 나는 그것이 시를 쓰는 일이라고 생각한다. 물론 마이크로소프트사가 A.I '샤오빙'으로 2017년에 시집 『햇살은 유리창을 잃고』를 출판하기도 했지만, 어쨌거나 중국 시인 519명의 작품을 학습한 뒤에 가능했던 일이다. 알파고가 학습으로 배울 수 없었던 '이세돌의 78수'를 두는 힘이 시가 아닐까.

아이가 자기만의 언어로 세상을 표현하는 순간을 목도하는 건 감동이다. 나는 여전히 한방이가 내놓는 재기발랄한 언어의 세계를 기록 중이다. "한방아, 너는 훌륭한 시인이 될 거야." 거듭 아이를 격려한다. 조만간 한방이의 문장이 모이면 독립 출판을 하는 게 나의 빅픽처다.

씬의 한 수

'죽기 전에 봐야 할 ○○○' 시리즈들이 있다. 내게 이 영화는 죽기 전이 아니라 시간 날 때마다 몇 번이라도 돌려 보고 싶은 영화다. 컴퓨터그래픽으로 애니메이션이 만들어지는 시대에 스톱모션으로 촬영된 사랑스런 클레이 애니메이션이다. 감독 '애덤 엘리엇Adam Elliot'은 스테프들과 함께 원시적인 방법으로 일일이 손으로 점토를 만들고 색칠하고, 배경도 직접 그림을 그려 촬영했다면서 자신과 스태프들을 희귀종이라고 말한다. 단편 애니메이션 <하비 크럼펫Harvie Krumpet>으로 2004년 오스카 단편 애니메이션상을 수상한 애덤 엘리엇은 20년 동안 편지를 주고받은 뉴욕의 펜팔 친구에게서 영감을 받아 아스퍼거 증후군을 앓고 있는 뉴요커 맥스의 이야기를 구상하게 된 것이란다. 토니 콜렛, 필립 세이모어 호프만, 에릭 바나 등 대배우들의 목소리 연기까지 더해져 필히 인생영화 중 한 편이 될 것이다.

"넌 그냥 발이 걸린 거야. 네 실수는 그것뿐이야"

실패를 거듭하는 용기

스포츠 프로그램의 작가로 일할 때, '제1회 천하장사 씨름대회' 중계화면을 본 적이 있다. 1983년 4월 14일, 그날은 씨름판을 뒤집는 레전드가 탄생한 역사적인 날이다. 주인공은 바로 '이만기'. '이만기를 몰라야 서울대 간다!'는 말이 있었다고 하니, 1980년대에 이만기를 모르면 간첩이었던 거다. 어찌 됐건 그날, 이만기 선수가 씨름판 밖에서 샅바를 고쳐 잡자, 캐스터가 이런 말을 한다. "오늘 이만기 선수, 돼지꿈을 꿨다는데요오~" 당시 이만기 선수는 씨름을 시작한 이래 한 번도 두각을 보인 적이

없는 완전 무명선수였다. 그런데 돼지꿈을 꾸고 출전한 문제적
그날, 씨름은 '힘의 씨름'에서 '기술의 씨름'으로 판이 뒤집힌
다. 씨름계에서 내로라하는 스타들을 연이어 메다꽂으며 무명
이었던 이만기가 초대 천하장사 타이틀을 가져갔다.

중계화면을 본 후, 방송 원고는 안 써지고 자꾸 딴생각만 났다.
간밤에 꾼 돼지꿈은 인생역전의 복선이자 스포일러인 셈인데,
어허! 대체 누가 알려 주는 것인가. '너는 내일 무명에서 스타가
될 거다.' 누가 넌지시 꿈속에 돼지를 턱 하니 넣어 주며 힌트를
주고 간 것인가. 신통방통하지 않을쏜가.
나는 한발 더 나아간다. 이만기의 사주를 검색한다. 그랬더니
농구천재 허재, 야구천재 선동열, 씨름천재 강호동, 야구천재 류
현진까지 줄줄이 사주팔자에 비슷한 요소를 가지고 있다고 누
군가가 분석해 놓았다. 이들 모두 타고난 자기 힘을 강하게 쓸
수 있는 '비견'을 천간에 가지고 있고 인내할 줄 아는 '편관'을
지지에 가지고 있다고 말이다.*

이런 쓸데없는 호기심은 한방이를 낳고 나니 MBTI, 에니어그

---

* 　명리학은 태어난 연年·월月·일日·시時에 해당하는 천간과 지지의 글자 총 여덟 개로
　사람의 길흉화복吉凶禍福을 알아보는 학문이다.

램, 그리고 명리학까지 쭉쭉 가지를 치기 시작했다. 사십이 넘도록 내가 나를 모르는 인생을 살고 있지만, 자식새끼만큼은 어떤 성격인지, 장차 어떤 사람으로 성장할지 알고 싶은 게 인지상정. 조금이나마 한방이에 관한 힌트를 얻는다면 아이를 이해하기 쉽지 않을까, 한방이가 좀 더 자기 색을 낼 수 있게 도와 줄 수 있지 않을까, 한방이가 가지고 태어난 성향 그대로를 존중할 수 있지 않을까. 희미한 윤곽이나마 더듬는 심정으로 이것저것 모든 길을 두드려 보게 되더라.

'명리학'을 공부하게 된 건 우연히 문화평론가 강헌의 강연을 들으면서다. 그는 서양철학이 '나는 누구인가?'에 대한 알다가도 모를 저 너머 해답을 던져 준다면, 동양철학인 '명리학'은 '나는 누구인가?'에 대해 명쾌하고 신랄한 답을 준다고 말했다. 타고난 나의 본질을 알고 변화무쌍한 삶에서 어떤 방향으로 갈지 묻고 탐색하는 학문이라고 말이다. 강헌의 『명리』를 읽어 보면 심오한 명리의 세계를 알 수 있다. 자신이 어떤 사람인지 알고, 나아갈 때와 물러설 때, 멈춰야 할 때를 아는 것, 자기의 명을 스스로 운행하는 것이 운명이라고 그는 말한다. 그래서 내 '사주'를 돈 내고 남에게 볼 것이 아니라 각자 공부해야 한단다.

한방이는 '병자'일주다. 명리학에서는 태어난 날로 성격과 성향을 짐작한다. 한방이가 태어난 날의 천간은 태양에 비유되는 '병화'이고, 지지는 물에 비유되는 '자수'다. 흔히 천간은 겉으로 드러나는 외양을, 지지는 내면의 모습을 의미한다. 명리학으로 보면 겉으로는 태양처럼 한없이 밝고 명랑하나 속은 깊은 물처럼 외로움과 우울을 안고 있는 게 한방이다. 게다가 뜨거운 불과 차가운 물이 맞부딪치는 형국이라, 자기 안에서 서로 다른 성향이 끊임없이 힘겨루기를 하고 있다. 이러니 얼마나 스스로도 버거울까?

이건 어디까지나 내가 한방이의 일주, 달랑 두 글자만 단순 풀이한 내용이다. 고작 이것뿐이라 해도, 알고 난 다음부터는 '쟤가 웃는 게 웃는 게 아니야'라는 생각에 한방이를 살뜰히 살피게 된다.

'사주팔자'라는 게 여덟 글자를 들여다봐야 하는 건데 아무리 공부해도 잘 모르겠더라. 괜히 전문가가 있는 게 아니다. 그러던 차에 강헌과 팟캐스트를 함께 진행하는 명리학 선생님과 인연이 닿았다. 그분께 조심스레 한방이 사주를 여쭤 보니, 예상 밖의 답변이 돌아왔다.

한방이가 고학년이 되면 학업에서 빼어난 두각을 보일 것이며, 부모가 가라고 하지 않았는데도 스스로가 원해서 스무 살에는 외국으로 유학을 가게 될 거라고 장담하셨다. 네에? 뭐라굽쇼?

몰리 두빈 블룸(제시카 차스테인)

미국 뉴욕 거주

공부면 공부, 운동이면 운동

1등만 하던 엄친딸이었으나 느닷없이 살이 끼며 삑사리!

갑자기 타짜의 세계로 들어선 후

나라를 들었다 놓은 입지전적 인물

과연, 이 명리학적 가설은 들어맞을까? 머지않아 한방이가 고학년이 되면 곧 밝혀지겠지. 투 비 컨티뉴드다.

일단, 이 이야기는 실화다. 미국판 정마담인 몰리 블룸은 타짜들이 포커를 칠 수 있는 판을 깔아 주고 수수료를 챙긴다. 놀랍게도 몰리의 비밀 도박장에 오는 타짜들은 할리우드 유명 배우들부터 왕족, 스포츠 스타들까지 죄다 거물들이다. 고작 스물두 살짜리가 벌인 사업이라고 하기엔 배짱이 대단하다. 애초부터 집안 내력이 그런 걸까 싶지만, 이게 다 운명의 장난이었다.

몇 년 전, 몰리는 '나 콜로라도 대학 나온 여자야'였다. 정치학과를 최우등으로 졸업하고 하버드 로스쿨 입학시험에도 가뿐히 합격한 전형적인 엄친딸. 게다가 북미 모굴 3위에 랭크된 스키선수이기도 하다. 모굴은 굴곡진 눈 언덕 여러 개를 잽싸게 피해가며 하강하다가 두 번의 점프대에서 하늘로 날아오른 뒤 회전을 하고 착지하는 종목이다.

공부면 공부, 운동이면 운동! 뭐든 했다 하면 탑을 찍고야 마는 진격의 몰리를 키운 건 8할이 아빠다. 몰리 아빠의 직업은 심리학 교수! 그는 전공을 살려 딸의 심리를 어려서부터 들여다보며 조련했다. 고작 열 살이나 됐을까, 어린 몰리의 스키 훈련에 동행한 아빠는 극한으로 딸을 몰아간다.

몰리 아빠 위를 쳐다봐. 늘 앞을 보고!

      아래를 보면 아래로 가게 돼!

      겁내면 안 돼, 방어적으로 타지 마!

몰리   아빠, 지쳤어요.

몰리 아빠 지쳤다는 걸 다른 말로 뭐라고 하지?

      동의어를 말하면 차에 타게 해 주마.

몰리   나약하다!

몰리 아빠 그래, 집에 가자.

몰리   (아니요) 다시 탈래요.

심리학 교수인 아빠는 몰리의 약점을 안다! 몰리는 '나약하다'라는 단어를 스스로 뱉고 나서, 인정할 수 없다는 듯 훈련을 계속한다. 아빠는 몰리의 근성을 툭 툭 건드리며 학업에서도, 스포츠에서도 최고가 되게끔 조련한다.

아빠의 남다른 사육은 몰리의 두 남 동생들에게도 예외가 없다. 다시 한 번 말하지만 이건 실화다! 둘째는 스키 종목에서 올림픽 금메달을 두 번 목에 걸고, 이후 성공한 사업가가 된다. 그리고 셋째는 열두 살에 고등학교 영재반에 들어간 천재이며, 훗날 심장 전문의가 된다. 열 길 물속은 알아도 한 길 사람 속은 모른다는 말은 몰리 아빠에겐 해당사항이 없다. 하지만 쥐락펴락 한 길 사람 속을 헤집어보는 몰리 아빠도, 전지전능하신 운명의 신이 무슨 생각을 하는지는 꿈에도 몰랐다.

몰리는 하버드 로스쿨 입학을 앞두고, 솔트레이크시티 올림픽 국가대표 선발전 결승에 오른다. 그런데 점프대에서 막 하늘로 도약했을 때, 스키 바인딩이 분리돼 날아가 버린다. 이건 그 누구도 예측 못한 운명의 장난! 결국 몰리는 그대로 바닥에 곤두박질친다. 올림픽 메달은 물 건너가고 하버드 로스쿨 입학을 연기한 채 몰리는 병원에서 투병한다.

다시 건강을 되찾자, '마포대교는 무너졌냐?'는 심정으로 로스쿨 학비를 벌기 위해 잠시 다른 길로 우회한 게 바로 타짜의 세계였다. 우연히 비밀 포커하우스에서 비서로 일하게 됐는데, 머리가 좋은 탓에 포커하우스의 생리를 바로 스캔해 버린다. 단골 손님들을 데리고 더 큰 포커하우스를 운영하며 그야말로 돈벼락을 맞게 된 몰리! 스물두 살에 들어왔다가 빼박, 하버드 로스쿨 묻고 더블로 가버렸다. 그렇게 10년이 흐른 어느 날, 몰리는 실수로 러시아 마피아까지 하우스에 끌어들이면서 걷잡을 수 없는 나락으로 떨어지게 된다.

> **몰리 아빠**　　난 아주 비싼 심리 치료사야.
>
> 무료 상담이라도 해 주려고 왔다.
>
> 너는 뭘 했더라도 성공했을 거야.
>
> 로스쿨에 갔더라면 지금쯤 로펌을 가지고 있겠지.
>
> 왜 하필 포커였니?

> **몰리**　　모르겠어요.

> **몰리 아빠**　　네가 중독된 건 강자들을 누르는 힘이야.
>
> 확신한다.
>
> 넌 그냥 발이 걸린 거야.
>
> 12년 전에 발이 걸려 넘어졌지,
>
> 백만 분의 1 확률로 발이 걸렸을 뿐이야.
>
> 네 실수는 그것뿐이야.

심리학 박사인 아빠는 몰리가 거대한 포커판을 꾸리면서 거물들을 상대한 이유가 '강자들을 누르는 힘'에 중독됐기 때문이라고 진단한다. 어린 시절부터 강압적인 아빠의 태도에도 굴하지 않고 기를 쓰며 일어나는 딸을 보았기 때문일까. 어떤 힘든 상황도 이겨내고 성공할 아이임을 아빠는 알았다. 다만, 그 누구도 예상하지 못한 '사고수'는 피하지 못했다. 부적이라도 썼다면 달라졌을까. 한마디로 몰리는 재수가 없었다. 하필 올림픽 국가대표 선발 결승에서 백만 분의 1 확률로, 스키와 부츠가 분리될 게 뭐람? 인생의 불운을 이겨내는 단 하나의 열쇠를 몰리는 이렇게 말한다.

> 몰리   윈스턴 처칠은 성공을 이렇게 정의했다!
> "열정을 잃지 않고 실패를 거듭하는 능력"

실패를 거듭하는 능력이라… 여기서, 잠깐 몰리 블룸의 다이내믹한 인생 굴곡을 살펴 보자.

스키와 부츠가 분리되는 바람에, 12년간 목표로 삼았던 올림픽 메달리스트 실패 → 하버드 로스쿨 학비 벌기 위해 도박장 알바 → 도박장 운영하며 대성공 → 러시아 마피아 끌어들여 난장판 → 전 재산 몰수되고 빚더미 → 자전적 에세이로 베스트셀러 작가로 등극 → 에세이 영화화!

우리가 누군가의 성공을 볼 때, 쉽게 예단하는 것이 그 사람이 갖고 태어난 그럴듯한 배경이다. 이만기 사주를 보았더니 이미 천하장사가 될 상이었네, 허재, 선동열, 류현진, 강호동도 죄다 성공할 인자를 갖고 있더라는 게 핵심은 아닐 것이다. 동일한 사주를 갖고 태어났음에도 서로 다른 인생을 사는 건, 물론 운도 필요하지만 절실한 마음과 지극한 노력, 즉 실패에도 거듭 열정적으로 일어날 수 있는 기세에 방점이 찍혀 있는 것이리라.

잘나가는 명리학 선생님의 말씀마냥, 한방이가 고학년 때 공부 머리가 폭발해서 외국 명문대에 갈 수 있는 운명을 타고났다 치자. 이건 어디까지나 한방이의 인생 내비게이션일 뿐이다. 목적지까지 가는 길은 멀고, 가는 길목마다 신호등이 있다. 신호에 걸려 멈출지, 아니면 유턴을 할지, 잠시 숨을 고르고 다시 액셀을 밟을지는 어디까지나 한방이의 의지에 달려 있다. 그러니 결국 부모가 할 수 있는 최선이란, 실패에도 거듭 시도할 수 있는 강한 멘탈을 지니도록 지지해 주는 것뿐이리라. 물론 그게 부모의 노력으로 가능하다면 말이다.

씬의 한 수 ————————

몰리 블룸의 에세이가 공개된 후, 미국에서 이슈가 된 건 실제 도박장에

드나든 할리우드 스타들이 대체 누구냐는 것이었단다. 영화에서 배우이자 포커 하우스의 단골로 등장하는 '플레이어 X'는 원조 스파이더맨 토비 맥과이어라는 게 기정사실이다. 그가 거미손을 뻗어 끌어당긴 또 다른 단골로는 리어나르도 디캐프리오, 맷 데이먼, 벤 에플렉, 그리고 맥컬리 컬킨 등이 있단다. 영화 속 포커 게임 플레이어 중 눈여겨볼 인물들이 있다.

헤드폰을 쓰고 음악을 듣는 플레이어는 리어나르도 디캐프리오를 의미하고, <소셜 네트워크>, <머니볼>, <스티브 잡스> 등 전기 영화에 특화된 천재 시나리오 작가 아론 소킨이 카메오로 출연한다. 아론 소킨은 이 영화로 감독 데뷔했다.

★ 와일드 ★

"네 최고의 모습을 찾아 어떻게든 지켜내렴"

스펙 쌓기보다 중요한 것

한방이가 일곱 살이 되던 해, 서울을 떠나 경기도 작은 마을로 이사를 했다. 순전히 이듬해 한방이가 입학할 학교를 염두에 둔 선택이었다. 그 결정을 하는 데만 해도 1년여가 걸렸다. 남편 직장이 상암동이고 나 역시 MBC 〈출발! 비디오 여행〉을 하고 있었기 때문에 상암 MBC를 비롯해 주된 회의장소가 서울이었다. 이사 가면 출퇴근만 왕복 4시간이 소요되었다. 자칫 하다간 배보다 배꼽, 맹자 어머니 '맹모孟母' 따라하다가 그냥 맹한 부모 '맹모'가 될 판국이었다.

그럼에도 불구하고 맹한 부모가 되기로 결정한 건, 혁신학교의 본보기라고 불리는 남다른 초등학교에 대한 기대 때문이었다. 하지만 아무리 교육철학이 맘에 든다 해도, 주거지를 바꾼다는 건 어려운 결정이다. 게다가 하루 평균 3~4시간을 길바닥에 버리는 고된 출퇴근 지옥을 감수해야 하는 일이다. 팔팔한 20대도 아니고, 40대의 삭신으로 버텨 낼 수 있을 것인가. 미혹됨이 없어야 한다는 '불혹'을 훌쩍 넘긴 시점에, 학교에 혹해서 경기도 어느 산골로 올라가야 하는가. 그렇게 6년을 보내면 영락없이 50, 하늘의 뜻을 아는 지천명이 되어 하산하는 꼴이었다.

일단 마음을 정하니 이사는 후딱이더라. 무엇보다 우리 집은 '자가'가 아니었다. 내 집이 없으니 서울에 산들 어쩌하리, 산골에 산들 어쩌하리. 역시 잃을 게 많으면 내적 갈등에 시달리고 결정 장애로 고달픈 법이다. 가진 게 없는 삶이란 이토록 떠남이 가볍다.

학교는 학생 수가 고작 100여 명 남짓인 작은 학교다. 학교에 입학하면 학부모는 몇 가지 약속을 이행해야 하는데, 사교육 금지! 휴대폰 금지! TV 시청이나 컴퓨터, 게임 금지! 다른 초등학교 아이들이 모두 하는 것을 이 학교에선 하지 않는 게 학부모들 간의 약속이다. 심지어 학교 내 교육과정에 공식적인 시험도 없다. 그러니까, 이 학교의 가장 큰 가치는 대부분 당연시 생각하며 하고 있는 것들을 '하지 않는 데' 있다.

그 흔한 피아노 학원, 태권도 학원 한 번 다닌 적 없이 초등학교에 입학한 한방이는 사교육 금지라는 학교 철학을 존중하며 여전히 아무것도 하지 않고 있다. 한글도 학교에 입학해서야 뗐으니 말이다. 수많은 아이들의 스펙 쌓기 광풍 속에서도 홀로 자유롭다.

"그렇게 냅뒀다가 나중에 중학교 가면 어쩌려고?"

정말이지 어쩌려고 그러나. 유치원부터 대학입학까지 '내새끼 포트폴리오'를 짜 놓는다는 날고 기는 엄마들이 한소리 한다. 도래한 4차 산업혁명 시대에 걸맞은 교육부터 장래 취업까지 내새끼를 위해 열공하는 엄마들도 수두룩 빽빽하니, 나 같이 아무것도 안 시키는 엄마는 방임을 넘어 방조 수준인 거다.
그런데, 피아노든 영어든 수학이든 먼저 익힌다고 해서 반드시 '더 좋아하게' 되는 것도, '더 잘하게' 되는 것도, 심지어 '더 깊이 있게' 아는 것도 아니란 생각이다. 어려서 체르니 30번까지 배운 후, 줄곧 손놓고 사는 사람보다, 정말 피아노를 배우고 싶어서 늦게 배운 내 지인이 백배 피아노를 즐기며 살더라. 그리고 학창 시절엔 영어가 젬병이었지만 늦은 나이에 갑자기 스스로 꽂혀서 미드로 영어를 마스터한 내 지인은 해외 업무출장도 가뿐하게 클리어하는 수준이 되었다.

학교에서 배우는 주지교과*를 따로 선행하며 미리 배우는 것, 그리고 피아노든, 태권도든, 축구든, 야구든 특기 하나를 옆구리에 장착하는 것, 이런 배움은 일종의 스킬을 늘리는 것뿐이지 않을까? 어딜 가든 기어이 체험 프로그램을 시키려는 부모의 안달 난 욕심도 '플레이어가 아이템 하나를 추가했습니다!' 그 이상도 그 이하도 아닌 것 같다.

'그까이꺼' 미리 장착하고, 미리 해봤다고 해서 훗날 제 갈 길 알아서 잘 가리란 보장이 전혀 없다. 어쩌면 여기에 수맥이 없음을 알면서도 들입다 삽질을 하고 있는 형국인 거다. 부모가 지갑에서 돈을 꺼내 무언가를 시킬 때 '그래, 경험 삼아 그냥 해봐'라는 마음을 갖기란 얼마나 어려운가. 기어이 돈의 액수만큼 뽕을 뽑으려고 아이를 닦달할 수밖에 없는 것이다. '아이템'의 가짓수는 아이의 자존감이나 창의력, 남다른 도전 정신에 중대한 영향을 미치지 않을 것이다.

* 국어, 수학, 사회, 과학, 영어 등 주된 교과목

셰릴 스트레이드 (리즈 위더스푼)

미국 거주
불우한 성장과정, 마약, 불륜 3종 세트로
셀프 학대를 일삼다,
망친 과거와 결별하고 다음 생을 열어 보려고
극한도전에 나선, 내면 탐험가

셰릴은 셀프 혐오와 셀프 학대에 찌든 스물여섯 살이다. 결혼하고 충분히 안정된 상황이지만 마약에 손을 댔다. 게다가 남편 대신 딴 남자들이랑 줄기차게 섹스를 즐겼다. 당연히 보살 같은 남편이라도 이혼각! 이 19금 넘사벽 부부의 세계는 미국 대륙의 실화다!

셰릴이 스스로를 좀먹은 이유는, 다 엄마 탓! 엄마가 겨우 마흔다섯이라는 나이에 암으로 죽었다. 인생 롤모델이자 믿고 의지한 유일한 세계였던 엄마의 부재, 이제 셰릴에게 세상의 모든 것은 부질없다. 셰릴은 외롭고, 두렵고, 우울한 감정을 피해 미친듯이 도망쳤다. 마약, 섹스, 마약, 섹스로 이어지는 무한 루프. 하지만 이혼을 당하자 정신이 퍼뜩 든다.

인생 리셋! 마약도 끊고 섹스도 끊었다. 그리고 고속버스 티켓도 끊는다. '퍼시픽 크레스트 트레일', 그러니까 멕시코 국경에서 캐나다까지 미국 서부를 종단하는 4,285km 악마의 트레킹 코스를 걷기로 결심한 거다. 서울과 부산을 왕복 5번 걸어야 완주하는 거리란다. 황량하고 거친 산길을 지나, 눈 덮인 산을 넘기도 하고, 사막을 통과해야 하는 그야말로 극한도전! 게다가 3개월간 노숙해야 하니, 집채만 한 배낭을 짊어진 완전군장 행군이나 다름없다.

지옥의 순례길을 걸으며 그녀가 바라는 건 무너진 자존감을 회복하고 엄마가 자랑스러워했던 예전의 모습으로 되돌아가는 것이다. 무거운 걸음은 자꾸 과거로 향하고, 비로소 셰릴은 뒤늦게 엄마의 죽음을 진심으로 애도하게 된다. 그리고 길 위에서 자신처럼 홀로 걷는 이들과 마주친다.

여행자   (혼자 걸으니) 외로워요?

셰릴   솔직히 내 진짜 삶에서 더 외로운 것 같아요.
        당신은 어때요? 여기 왜 왔어요?

여행자   내 안의 뭔가를 찾아야겠다 싶어서요.

셰릴   엄마가 자주 하던 얘기가 있어요.
        '일출과 일몰은 매일 있으니까
        네가 맘만 먹으면 볼 수 있어.
        너도 아름다움의 길에 들어설 수 있단다.'

아무리 고되고 힘든 일이 있다 해도, 맘만 먹고 눈을 돌리면 아름다움은 도처에 있다고 엄마는 말했다. 분명 셰릴의 엄마는 대단한 사람이다. 언제나 최악의 상황에서도 최선으로 삶을 낙관

할 수 있는 건 놀라운 능력이니까 말이다.

셰릴의 어린 시절 기억을 더듬으면 가난한 집과 술에 쩔어 엄마를 때렸던 아빠가 있다. 하지만 엄마는 늘 웃는 얼굴로 셰릴을 바라보았다. 엄마는 음악에 맞춰 어린 셰릴과 춤을 추고, 셰릴과 남동생을 데리고 빗물이 고인 웅덩이 안을 첨벙첨벙 뛰어 다녔다. 그리고, 셰릴이 대학생이 되자 늦깎이 신입생으로 엄마도 대학에 입학했다. 엄마는 불운하고 비참한 삶에서 늘 삶의 기쁨을 찾는 사람이었다. 때로 셰릴은 그런 엄마가 못마땅했다.

셰릴   그 노래 좀 그만하면 안 돼? 엄마 왜 그래?

엄마   뭘 왜 그래? 행복한 사람은 노래하는 거야.

셰릴   왜 행복한데? 우린 가진 것도 없잖아.

      우린 식당 종업원이야.

엄마   그래도 학생이잖아.

셰릴   평생 대출 갚아야 하고

      집이라고 있는 건 무너지기 직전이고

엄마는 혼자야! 손찌검하는 주정뱅이랑 결혼한 덕분에.

그런데 노래를 불러? 그렇게 몰라?

엄마　　엄마가 몰라서 그러는 게 아냐, 알면 뭐?

그 주정뱅이와 결혼한 걸 후회하냐고?

아니, 한순간도 후회 안 해.

그 덕에 네가 생겼잖아, 네 동생도.

그렇게 생각하면 좋잖아.

쉽진 않지만 해 볼 가치는 있어.

오늘보다 훨씬 끔찍한 날들도 있을 거야.

거기에 질식해 죽는 것도 자유지.

근데… 글쎄다. 난 살고 싶어.

네게 가르칠 게 딱 하나 있다면

네 최고의 모습을 찾으라는 거야.

그 모습을 찾으면 어떻게든 지켜 내고.

3개월의 극한 트레킹을 하는 동안 셰릴에게 필요한 건 남다른 스킬이 아니었다. 밤마다 텐트 안에서 야생동물의 울음소리를 들으며 무서움을 견디는 일, 끼니마다 강제 다이어트를 하듯 간 227

편식을 조리해 먹는 일, 낯선 사람을 의심하며 히치하이킹을 하는 일, 혼자 걷는 동안 마주친 수상한 남자들로부터 스스로를 지키는 일, 그리고 트레킹을 그만두고 싶은 마음을 다잡는 일이었다.

어쩌면 한방이에게 진정으로 가르쳐야 할 것은 셰릴의 엄마 말마따나 진정 최고의 자기 모습을 찾는 능력일지 모르겠다. 길고 긴 인생의 트레킹을 걸을 때 필요한 것은, 자기 자신이 어떤 사람인지 알고, 최고의 자기 모습을 지켜 내는 일일 것이다. 간혹 힘든 일이 있으면 일출이나 일몰의 아름다움 속에 스스로 텀벙 뛰어들어 괴로움을 희석할 수 있는 힘일 것이다.

얼마 전, 초2 담임인 친구에게 들었다. 놀랍게도 반 아이들 30명 가운데, 학원을 다니지 않는 아이는 단 한 명도 없다고 했다. 그 중엔 무려 학원 8개를 다니는 아이도 있단다. 고작 아홉 살인데 말이다. 매일 병든 닭처럼 고개를 한쪽으로 기울인 채 퀭한 눈으로 수업을 듣는 아이를 보다 못해 아이의 엄마에게 전화를 했단다.

"어머니, 아이가 병든 닭처럼 앉아 있는 모습이 안쓰러워요. 교실에서 물건들을 흘리거나 준비물을 잘 잊고 오고요.

학교 수업 시간 외에 내내 학원에 앉아 있는 게
아홉 살 아이에게 얼마나 가혹한지 아시나요?"

엄마는 몰랐다고 대답하더란다. "배우는 게 나쁜 건 아니잖아
요?" 해맑게 반문하며 학원을 줄일 생각은 전혀 없는 눈치였단
다. 엄마의 불안이 이끄는 어디쯤에서 아이는 수시로 엄마를 실
망시켜 미안하고, 기대만큼 해내지 못하는 자신을 원망하게 될
것이다.

'어떻게' 하면 우리 애가 남들에게 뒤처지지 않을까? '어떻게'
해야 남들만큼 학업을 따라갈 수 있을까? '어떻게'로 질문을 던
지면 답은 하나로 귀결되는 것 같다. '어떻게' 라는 질문을 '왜'
라고 바꾸면 좋지 않을까? '왜' 나는 자꾸 나의 불안을 아이에
게 투사하고 있는가. '왜' 우리 애가 뒤처지면 안 되고 공부를
잘해야만 하는가. '왜' 나는 하지 않아도 되는 것을 자꾸 시키려
고 하는가.

씬의 한 수

한마디로 이 영화는 명대사 맛집이다. 4,285km를 걷는 트레킹의 마디
마다 셰릴이 방명록에 끼적이는 명언들이 기가 막히다. 에밀리 디킨슨의

'몸이 그댈 거부하면 몸을 초월하라'는 말을 비롯해, 조니 미첼의 '내 모습 그대로 받아 줄래요?' 라든가, 윈스턴 처칠의 '절대로, 절대로, 절대로 포기하지 마라', 로버트 프루스트의 '허나 내겐 지켜야 할 약속과 잠들기 전 가야 할 길이 있다', 그리고 제임스 미치너의 '예상한 일에도 완벽한 대비는 불가능하다' 같은 명언들이 줄줄이 나온다.

5부

'내새끼주의'를 넘어서

"아이는 자기 삶을 사는 거지,
엄마게 아니잖아요"

아이들의 치열한 사회생활

동네에 한 가족이 이사 왔다. 그 집엔 아이들이 무려 다섯, 위로
딸이 넷이고 막내가 아들이었다. 지금이 무슨 조선시대나 구한
말인가, 기어이 아들을 보려고 줄줄이 낳은 모양새였다. 죽자
사자 아들, 아들 하기엔 엄마도 내 또래였고 평범해 보였다. 마
침 막내아들이 한방이와 동갑이라 같은 유치원에 다니게 됐다.
하원하면 동네 놀이터에서 내내 어울려 놀 친구가 하나 더 늘어
난 셈이었다.

그런데 어느 날, 집 앞 놀이터에서 잘 놀던 한방이가 울면서 집에 왔다. 무슨 영문인지 물어도 논리정연하게 설명할 수 없는 여섯 살이라 처음엔 그저 울기만 했다. 그러다 눈물을 훔치며 분한 듯 뱉어낸 말들로 추리해 보니, 새로 이사 온 막내아들 녀석이 한방이를 따돌린 것이었다. 처음 겪는 상황이라 한방이는 여섯 살 인생 최대 난관에 봉착했고, 나 역시 육아 인생에서 처음 겪는 위기였다.

소심하고 어수룩한 한방이에 비해 고 녀석은 말도 청산유수인데다 사교성도 남달랐다. 이럴 때 엄마들이 제일 먼저 꺼내는 게 민증이다. 고 녀석은 2월생이고 한방이는 9월생, 7개월이나 차이가 나니 덩치도 말빨도 장난이 아닌 게 당연했다. 하물며 한방이는 외동이지만, 고 녀석에겐 누나가 넷이나 있다. 누나들의 틈바구니에서 자란 막내라니, 그냥 게임 끝이다. 그 일이 있은 후, 고 녀석을 가만히 관찰해 보니 어른인 나보다 사회생활을 더 잘하겠더라.

고 녀석은 어찌나 눈치가 빠르고 영악한지 어른들이 있는 곳에서는 나쁜 행동을 하지 않았다. 잡히기만 해라, 눈에 쌍심지를 켜고 기다린들 그런 일은 벌어지지 않았다. 하지만 어른이 없으면 어김없이 한방이가 울며 들어왔다. 고 녀석이 한방이를 왕따

시키는 방법은 참으로 다양하고도 참신했다. 한방이만 빼고 다른 아이 팔짱을 끼고 가 버린다거나, 술래잡기를 할 때 정정당당한 가위바위보 대신 무작정 한방이에게 술래를 하라고 시킨다거나, 한방이한테만 다르게 물어 본다고 했다.

"○○○야, 너 나랑 놀자!

한방아, 너는 나랑 안 놀 거지?"

한방이가 울면서 집에 오면 억장이 무너지는 기분이었다. 하지만 나는 어떤 엄마인가? 육아의 달인 오은영 박사처럼 "그랬구나, 한방이가 속상했겠구나~"라며 한방이를 보듬기보다는, 〈파리의 연인〉 대사를 소환해서 "왜 말을 못 해! 나도 같이 놀 거다, 왜 말을 못하냐고!" 약해 빠지고 소심하고 우유부단한 꼴을 못 보는 칼 같은 엄마는 다다다다 따발총을 난사한다. "왜 너는 가만히 있어? 고 녀석한테 말을 해! 야, 너 그렇게 하지 마~ 나는 술래 안 할 거야, 그리고 나는 친구들이랑 놀 거야! 이렇게 말을 하면 되잖아!" 고 녀석에게 1차 가해를 당하고 들어온 한방이는 자기를 낳은 친엄마에게 2차 가해를 당한다. 하지만, 아빠는 전적으로 한방이 편이었다. 왜냐면 남편 심은 곳에 남편이 나온 격이었기 때문이다. 남편은 한방이가 어릴 적 자신과 판박이라고 했다.

얼마 안 가 일이 커졌다. 고 녀석에게 따돌림을 당하는 동네 애들이 늘어난 것이다. 이걸 반갑다고 해야 하나 다행이라고 해야 하나. 번갈아가면서 아이들은 울며 집에 왔다. 이윽고 울며 집에 오는 아이들의 엄마들이 뭉쳤다. 어쩌면 좋을지 머리를 맞대고 논의했다. 당신이라면 다음의 해결책 가운데 어떤 걸 선택하겠는가? 빠밤 빠밤 빠밤 빰빠바밤~ 인생극장! 당신의 선택은?*

① 고 녀석의 엄마를 찾아가, 당신 아들 간수 잘하라고 따진다

② 고 녀석을 따로 불러서 혼꾸녕을 내 준다

③ 우는 아이들끼리 연대해서 고 녀석을 따돌리게 시킨다

④ 아이들 사이 일어난 문제이니 스스로 알아서 풀게끔 기다린다

⑤ 내 아들이 약해빠졌으니 좀 더 맷집을 키울 수 있게 냅둔다

여기 두 엄마가 있다. 루크와 이혼한 재키는 전업맘으로, 전 남편과 비슷한 40대다. 루크와 재혼한 이자벨은 광고업계에서 손꼽히는 사진작가인데, 젊고 예쁜 20대. 40대 전업맘 전처 VS. 20대 워킹맘 후처. 설정 자체가 벌써부터 〈부부의 세계〉 저리가

---

*   'Boney M'의 〈Felicidad〉라는 곡을 샘플링한 BGM이 흐르면서 이휘재가 두 가지 선택의 기로에서 "그래, 결심했어!" 하면 결정한 인생이 하나씩 드라마 형식으로 펼쳐졌던 예능 프로그램.

이자벨 & 재키 (줄리아 로버츠 & 수잔 서렌든)

한 남자를 사랑한 죄로 이혼한 전처와

재혼한 후처로 엮인 사이

전처 재키가 낳은 아이들에게 점수 따려고

힙한 엄마 따라하는 이자벨

굴러온 후처 이자벨이 아이들 마음에 알박기 할까 봐

수시로 견제하며 신경전 중인 재키

라 느낌이다.

루크와 이혼한 뒤, 사춘기 딸 애나와 어린 아들 벤을 양육하는
재키. 아이들은 정해진 요일마다 남편 루크네 집에서 새엄마 이
자벨과 생활한다. 그러다 보니 엄마와 새엄마 사이 묘한 긴장감
과 신경전은 정해진 수순!
그런데 엄마에게 딸이 이런 걸 묻는다. 아빠와 새엄마가 욕실에
서 섹스할 때 왜 자꾸 새엄마가 소리를 지르는지 모르겠다고.
헐, 뭐가 어쩌고 저째? 전 남편이 갑자기 최선을 다하는 꼬락서
니가 영 꼴 보기 싫다. 그리고 섹스할 땐 소리도 지르고 열정적
이면서 아이들 도시락에 햄버거나 사서 주는 새엄마의 작태도
기가 차다. 재키는 가차 없이 햄버거를 쓰레기통에 던져 버린다.

가뜩이나 미워 죽겠는데 광고 촬영현장에 애들을 데리고 간 새
엄마가 일에 정신이 팔린 사이, 어린 아들 벤이 몰래 현장을 빠
져나가 길을 잃는다. 우여곡절 끝에 경찰서에서 아들을 찾은 엄
마 재키는 꼭지가 돌 수밖에.

아들   새엄마 잘못이 아니에요, 저 때문이에요.

엄마   새엄마는 널 돌보는 걸 최우선으로 해야 돼.

그게 제일 중요한 일이야.

| 아들 | 새엄마는 일하잖아요. |

| 엄마 | 엄마들은 돈을 안 받고도 열심히 일한단다. |

| 아들 | 새엄마는 돈 잘 벌어요? |

| 엄마 | 이기주의자들은 잘 벌어. |

| 아들 | 새엄마를 싫어하라고 하면 그렇게 할게요. |

| 엄마 | (현타 온 표정) |

한편, 새엄마도 나름 아이들에게 잘 보이려고 애를 쓴다. 센스 있는 사진작가답게 사춘기 딸 애나의 미술 숙제를 참신한 방법으로 도와 주는가 하면, 20대인만큼 요즘 패션 트렌드에도 관심이 많아 애나가 딱 좋아할 컬러의 립스틱을 바르라고 건네 주기도 한다. 게다가 놀이터에서 떨어진 벤이 다리를 다쳐 입원하자, 침대 머리맡에서 아이가 잠들 때까지 자장가도 불러 준다. 엄마가 아무리 미워해도 아이들은 점차 아빠가 그랬듯 새엄마

의 매력에 빠져든다.

그러던 어느 날, 결정적 사건이 벌어진다. 사춘기 딸이 바람둥이 남친에게 차인 것이다. 이유는 녀석의 일방적인 키스를 거절했기 때문이었다. 문제는 그놈이 전교생이 다 있는 곳에서 보란 듯 차 버린 데다, 학교에서 마주칠 때마다 다른 남자애들과 합심해서 '얼음공주 간다!'라거나 '나무토막 간다!'라고 놀린다는 데 있다.

여기서 엄마와 새엄마의 대응 방법이 갈린다. 엄마의 조언은 이렇다. "무시해 버려. 전혀 신경 쓸 가치도 없는 애니까 반응을 안 보이면 금방 시들해질 거야." 반면 새엄마는 녀석을 뭉갤 방법을 상세히 알려 준다. 거만한 표정으로 녀석에게 다가간 뒤 이렇게 말하라고 각본까지 써 준다. "잘 들어, 고자야. 한 번만 말할게. 여자에 대해 너무 무지해서 충고해 주는 건데 너 같은 애송이한테 시간 낭비하기 싫어. 지금 내가 사귀는 고등학생 오빠는 네 얘기만 나오면 배꼽을 잡아." 그러고는 사귀는 고등학생 오빠 대역으로, 광고계 라이징 스타를 섭외해 주기까지 한다. 사춘기 딸은 새엄마의 각본대로 전교생 앞에서 녀석을 루저로 만들고, 새 남친 대역을 해 준 미친 외모의 모델 덕분에 학교에서 '인싸'가 된다.

엄마	당신은 영웅이 됐고 난 우스운 꼴이 됐네요.
	날 무기력한 엄마로 만든 거예요, 아무 도움도 못 되는.
	나라고 그 녀석한테 욕 안 하고 싶었는지 알아요?
	애나가 스스로 극복하게 해야죠. 거짓말을 하게 시키다니,
	비열하게 이기는 건 이기는 게 아니에요.
	자신을 발견해야 자신의 길을 갈 수 있어요.
새엄마	애나는 자신의 삶을 사는 것이지, 당신의 것이 아니잖아요.
엄마	바르게 잡아주는 게 부모 된 도리니까요.
	다음에 정말 큰 시련이 닥칠 때도
	오늘 같이 다시 편법을 사용할지도 모르잖아요.
새엄마	참고 살 순 없잖아요, 내가 죽을 죄 지었어요?

울며 집에 오는 아이들, 이른바 '울집아' 엄마들은 다양한 육아 선배들의 조언을 듣기로 했다. 또래보다 영악해서 친구들을 자기 구미에 맞게 부리려는 아이들은 어디에나 있더라. 그런 아이들은 보통 또래들에게 인기가 많은데, 친구를 따돌리는 대신 약한 친구들을 보살피는 방향으로 잘만 이끌어 주면 선한 리더십을 발휘하는 아이로 성장할 가능성이 크단다.

여하튼, 육아 선배들의 한결같은 답은 '시간'이 해결해 준다는 거였다. 지금은 고 녀석이 모든 면에서 재빨라 그런 구도가 형성되지만, 어느 정도 시간이 지나 아이들이 성장하면 고 녀석 뜻대로 되지 않는다고 말이다. 어떤 아이는 몇 년 지나, 오히려 따돌림을 당하는 역지사지의 경험에 처하기도 하고, 또 어떤 아이는 괴롭혔던 아이에게 맞기도 한단다. 결국 전적으로 아이들을 믿고, 스스로 해결할 수 있도록 기다려주는 게 옳다는 얘기였다.

요동치는 마음이었지만, 울집아 엄마들 모두 그렇게 뜻을 모았다. 고 녀석의 엄마를 찾아가 따진다거나, 고 녀석을 혼꾸녕 내는 일은 없었다. 다들 너무 대인배 아냐? 유유상종, 끼리끼리 사이언스라고 예쁜 애 옆에 예쁜 애, 멋진 엄마 옆에 멋진 엄마들이 모이는 법이다!

그 후, 한방이가 울면서 들어오면 너무 속상했겠다 다독여 주고 안아 준 다음, 고 녀석의 행동이 잘못 됐음을 얘기해 주었다. 그리고 용기가 생긴다면 고 녀석에게 그렇게 하지 말라고 직접 얘기해 주라고도 했다. 한방이 마음의 근육이 단단해지길 기다리면서, 내면의 힘이 무럭무럭 자라길 바라면서.

그런데, 여기서 반전! 시간이 지나 듣게 되었는데, 고 녀석에게 당한 한방이와 다른 아이들이 또 다른 아이들에게 비슷한 위력

241

을 행사했단다. 이럴 수가! 아이들은 유치원이라는 그들만의 세계에서 치열하게 자기 자리를 찾고 있었던 것이다. 그 안에서 맹렬히 인간관계를 경험하고 있었던 것이다.

씬의 한 수

부러우면 지는 거지만, 이 영화 속 프러포즈 장면을 보면 두 손 두 발 다 들고 항복할 수밖에 없다. 침대에서 자는 이자벨(줄리아 로버츠)에게 다가온 루크(에드 해리스)가 프러포즈용 반지 케이스를 건넨다. 그런데 막상 뚜껑을 열어 보니 반지 대신 실이 감겨진 실패 하나가 들어 있다. "가느다란 실과 같은 관계라면 당장 끊어야겠지만 이번은 달라."라고 말하며 실을 이자벨의 네 번째 손가락에 묶는 루크. 그러더니 자신이 잡은 실 끝에, 큼직한 다이아가 박힌 반지를 걸어 내려 보낸다. 실을 타고 내려간 반지는 네 번째 손가락에 무사 착지한다. 남편 보고 있나? 결혼 10주년엔 이런 걸 원한단 말이다.

"애초에 경쟁을 왜 해요? 잘하고 계세요"

비교로 키운 자존감은 비교로 무너지는 법

S는 누구나 한눈에 "어, 예쁘다!" 하는 외모의 소유자다. 누구나 알 만한 좋은 대학을 졸업한 뒤 자신이 원했던 직업, 방송사 기자가 되었다. 그런데 그 고운 얼굴에 수심이 가득하다. 최근에는 같은 꿈을 반복해서 꾸고 있단다. 매번 동일한 고등학교 방송반 선배 언니가 밝게 웃으며 등장해선 '잘 지내?' 하며 안부를 묻고 사라지는 꿈이다.

방송국을 오가며 친하게 된 S는 자신이 반복적으로 꾸고 있는 꿈을 이렇게 풀이했다. 그녀는 늘 비교하고 비교당하는 삶을 살았다. 성적으로 줄 세우는 12년의 학교생활을 통해 비교적 상위권을 유지했지만, 자신의 성적이 최고는 아니라는 것을 체득했다. 그 후 좋은 대학에 입학했지만 최고의 대학은 아니었고, 꿈꾸던 기자가 되었지만 그 또한 공중파 3사는 아니었다. 카메라 앞에 서야 하는 방송기자인데, 외모도 늘 부족하다는 생각만 들었다. 그녀는 단아하고 정갈한 이목구비를 가졌지만 꿈에 매번 등장하는 방송반 선배 언니처럼 화려하고 눈에 띄는 미인은 아니었다. 게다가 선배 언니는 보란 듯이 공중파 아나운서가 되어 있었다.

그녀의 고백을 듣다 보니 이런 고민은 비단 그녀의 것만은 아니란 생각이 들었다. 아마도 내가 가진 겸손의 8할은 셀프 비하일지도 모르겠다. 늘 스스로 부족하다고 말하며 자신을 업신여기는 게 몸에 배었다고나 할까. 나도 종종 '예쁘다'는 칭찬을 받을 때가 있었는데, 물론 과거형이다. 그때마다 백화점 주차요원마냥 두 손을 절레절레 흔들며 '절대 아닙니다!' 단호하게 선을 그었다. 방송 프로그램을 하며 '원고 잘 썼다'는 칭찬을 들어도 늘 내 성에는 차지 않았다.

일평생 비교와 평가가 당연한 듯 살아온 나란 엄마는 당연하게도 한방이에게 비교와 평가를 대물림한다. 대화의 시작은 옆집 애다. "옆집 애는 혼자 샤워를 잘하는데 너는 왜 아직도 혼자 못해?", "옆집 애는 밥도 맛있게 남기지 않고 잘 먹는데 너는 왜 식탁에서 말이 그렇게 많니?", "옆집 애는 색칠도 꼼꼼하게 하는데 너는 왜 그렇게 대충 해?" 옆집 애로 시작해서 '너는 왜?'로 끝나는 대화의 무한 루프.

그러던 어느 날, 하굣길에 한방이와 같은 반 아이를 만났다. 한방이는 빈손이었는데 녀석은 손에 장난감을 들고 좋아하고 있었다. 자율 과제를 수행한 아이들에게 주는 선물이라고 했다. 하고 싶은 아이들은 과제를 하고 선물을 받았고, 한방이는 딱히 그 과제엔 관심이 없는 모양이었다. 그런데 녀석에게 충격적인 말을 들었다.

"저는 맨날 잘해서 선물을 받는데 한방이는 못 받으니까
한방이가 저를 시샘할 거라고 우리 엄마가 말했어요."

두둥! 뒤통수와 명치를 동시에 맞는 기분이 이런 걸까. 나는 미처 몰랐다. 내가 한방이를 혼낼 때, 비교와 평가의 대상으로 옆집 애를 갖다 쓰면서도, 다른 집에서 한방이를 그 대상으로 쓰리라곤 말이다. 재밌는 지점은 나는 주로 한방이 기를 죽이기

브래드 슬론(벤 스틸러)

미국 새크라멘토 거주

비영리 단체에서 일하지만

영리의 삶을 동경하는 표리부동인

취미는 남들 SNS 보며 배 아파하기

남들 아내와 자기 아내 비교하며 열폭하기

위해서 옆집 애 찬스를 썼지만, 다른 집에서는 그 집 아이 기를 살리는 용도로 한방이를 갖다 쓰기도 하더란 사실이다.

오늘도 밤샘 각. 브래드가 심각한 불면증에 시달리는 이유는 그놈의 SNS 때문이다. SNS는 정말 득보다는 독이다. 하필 절친했던 대학 동기 네 명이 하나같이 셀럽이 됐을 게 뭐람. 할리우드 감독이 된 녀석은 화려하게 살고 있고, 헤지펀드사 대표인 녀석은 황당할 정도로 부자라 집이 세 채다. 또 한 녀석은 불혹에 IT 회사를 팔고 은퇴해 하와이 마우이섬에 정착했고, 마지막 녀석은 잘 나가는 베스트셀러 작가라 TV만 켜면 나온다.

F4 녀석들과 스스로를 비교하니 비영리 기부단체에서 일하는 자신이 부끄러워 '미추어 버리'겠다. 곱씹을수록 실패한 인생이다. 지푸라기라도 잡는 심정으로 그나마 번듯한 집을 한 채 가진 장인장모 찬스를 쓰려는 브래드.

브래드	자기 부모님 집 얼마나 할까? 200만 달러? 250만 달러? 두 분 돌아가시면 자기 거잖아.
와이프	기부하실지도 몰라.
브래드	진심이시래? 아이가 없네, 그건 아니지.

와이프	비영리 단체에서 일하면서 기부가 어이없어?
브래드	시간이 없단 생각이 들어. 나아질 가망이 없어 보이잖아. 인생이 정체기야.
와이프	우리 안 가난해.
브래드	어떤 기준으로는 그래.
와이프	어떤 기준? 상위 1%? 우리도 잘 살고 있어.

돌이켜보니 대학 시절엔 다들 고만고만했다. 결국 브래드의 화살은 아내에게로 향한다. 헤지펀드사 대표인 녀석은 돈 많은 아내와 결혼했기 때문에 상류층 입성이 쉬웠고, 베스트셀러 작가 녀석은 아내 역시 베스트셀러 작가이기 때문에 성공하도록 밀어줬다. 그런데 자신의 아내는 매사 낙천적이며 긍정적이고 이상주의자라 만족이 빠르다. 뭐든 좋단다. 뭐든 괜찮단다. 욕심 없는 아내 때문에 자신이 현실에 안주했던 거라고 브래드는 결론을 낸다. 에라이, 이 인간아! 긍정과 낙천을 타고나서 보잘 것 없는 너랑 결혼해 준 거야!

그렇게 얼굴 가득 빗금을 긋고 다니던 어느 날, 고3 아들이 아이비리그에 진학하겠단다. 예일대 진학의 꿈을 이루지 못했던 브래드, 그런데 아들은 자신이 하버드에 지원하고도 남을 실력이라고 말한다. 조금 전까지 울증모드에서 급 조증모드로 바뀐 브래드는 셀프 감격한다. '이 놀라운 생명을 내가 심고 가꿔 왔다!' 한없이 부러웠던 친구 녀석들이 갑자기 가소롭기만 하다. 만약 베스트셀러 작가로 성공했다면 아들은 허세 쩌는 아이로 성장했을 것 같고, 헤지펀드사 대표처럼 돈과 권력을 가졌다면 아들은 버릇없이 자라 마약이나 했을 것만 같다. 멋대로 상상의 나래를 펴다가, 급기야 하버드를 졸업한 아들이 성공해서 섬 하나를 통째로 사는 미래까지 참 멀리도 가 버린다.

그러던 중, 브래드는 하버드에 재학 중인 여자 선배를 만나는 아들을 따라나선다. 놀랍게도 젊고 예쁜 하버드 여대생이 비영리 NGO단체에서 일하는 자신을 존경의 눈빛으로 보는 게 아닌가. 그러자 브래드는 한때 대학 동창이었던 F4 뒷담화를 하면서 자신의 처지와 비교하기 시작한다. 훗날 관계를 연결하는 끈은 우정이 아니라 성공이었다며, 그래도 자신은 가난한 이들을 돕는 일에 자부심을 가지고 있다고 그럴싸하게 포장한다. 그런데 뜻밖에 날아온 역공.

여대생	가난한 사람들을 알긴 하세요?
	인도 델리에 있는 제 외갓집에 가면
	하루 2달러로 사는 사람들이 많아요.
브래드	내가 경쟁하는 건 그 사람들이 아니야.
	인생의 지표인 사람들과 경쟁해야지.
여대생	애초에 경쟁을 왜 해요? 잘하고 계세요.
	제가 확신하는데 충분히 성공한 삶이에요.

자신에게 세상은 전쟁터인데, F4 녀석들에게는 세상이 놀이터이자 꿈의 무대일 거라 브래드는 생각했다. 하지만 그건 전적으로 브래드 관점이다. 대학 시절 좋은 세상 만들기에 대한 소신을 잃지 않은 스스로를 대견해해도 좋을 사람이 온통 자기 비하와 자기 혐오에 빠져 있다. 브래드가 스스로에게 가장 냉혹한 잣대를 들이댈 수밖에 없는 불쌍한 어른으로 성장한 이유는 '경쟁'이라는 시스템 뒤에 가려진 비교와 평가, 서열 매기기에 익숙해졌기 때문일 것이다.

박민규 소설 『죽은 왕녀를 위한 파반느』에 이런 구절이 있다. "부끄러워하고 부러워하고 부끄러워하고 부러워하고… 이상하다고 생각해 본 적 없어? 민주주의니 다수결이니 하면서도 왜 99%의 인간들이 1%의 인간들에게 꼼짝 못하고 살아가는지. 왜 다수가 소수를 위해 살아가고 있는지 말이야. 그건 끝없이 부끄러워하고 부러워하기 때문이야."

내가 한방이에게 옆집 아이의 이름을 말하며 비교하는 순간, 한방이의 지표는 그 아이로 정해질 것이다. 한방이가 다른 아이의 뒤꽁무니나 좇는 삶을 내가 바란 게 아니었는데도 말이다. 겨우 그 정도의 바운더리로 한방이의 성장을 제한하겠구나. 그래서 결국 내가 살았던 대로 한방이도 한없이 부러워하고 또 부끄러워하는 삶을 살게 되겠구나. 비교로 얻은 자존감은 또 다른 비교로 무너지게 마련이니까. 우리의 삶이 각기 다른 빛깔임을, 그래서 남을 좇는 어리석음을 그만둘 수 있다면 지금 이대로 충분히 행복할 수 있을 것이다. 그 후, 나는 한방이 앞에서 다른 아이 이름 말하기를 멈췄다.

씬의 한 수

브래드의 대학 동창, F4 가운데 할리우드 영화감독으로 출연한 마이크 화이트가 이 영화의 시나리오 작가이자 감독이다. 그의 실제 아버지는 목사였는데 종종 자신이 성공한 인생을 살아왔는지 의문을 제기하곤 했단다.

그 모습이 내내 마음에 박혔던 모양인지, 아들 마이크 화이트는 아버지의 삶에 감사할 뿐만 아니라, 아버지는 매우 성공한 삶을 살았다는 사실을 전해 주고 싶어서 이 영화를 구상했다고 한다. 어쩌면 부모들이 가장 두려워하는 평가는 바로 자식들이 매기는 점수일 것이다. 그래서 더욱 뭉클했던 장면! 브래드가 사람들이 날 패배자로 볼까 봐 걱정이라고 하자, 아들이 말한다. "사람들은 모두 자신만 생각하니까 아빠를 생각하는 사람은 나밖에 없어. 그러니 아빠는 내 의견에만 신경 쓰면 돼. 내 의견은 'I love you.'야."

★ Mr.스티벅 ★

"너희들 곁에 있었던 게 나의 가장 큰 성취야"

무엇이 되든 무엇을 하든 그저 네 자신이길

네 살 무렵이었다. 한방이는 한동안 병원 놀이에 심취했다. 하얀 색 의사 가운을 걸친 채 인형의 배에 청진기를 이리저리 대 보고 주사도 놓는 모습을 보자니 엄마 귀엔 실시간으로 BGM이 흐른 다. '위 올 라이~' 동시다발적으로 드라마 〈하얀 거탑〉의 장준 혁 쌤이 한방이한테 잠깐 왕림했다가 사라진 느낌이었다.

"한방아~ 너 커서 뭐가 되고 싶어? **의사?**"

엄마의 검은 속내를 눈치 챈 듯 한방이는 뒤통수를 날렸다.

"환자!"

네 살배기가 해학과 유머와 반전을 알고 그랬을까? 예능 기대 주도 아닌데, 요 타이밍에서 요 대사를 날려야지를 본능적으로 안 것도 아닐 테고. 절대반지를 본 스미골처럼 눈빛이 변한 엄마를 한방이는 순식간에 원래 자리로 되돌려 놓았다.

다섯 살 무렵이었다. 유치원에 희한하게도 친구를 무는 아이가 있었다. 무는 부위는 주로 팔이었지만 가끔 옆구리도 있었다. 선명하게 잇자국이 남도록 꽉 깨물었다.* 선생님은 그 아이가 발달이 좀 늦어서 그렇다고 양해를 구했다. 매일 유치원에서 돌아오면 한방이는 오늘은 누구누구가 물려서 울었다고 얘기하곤 했다.

아이고, 그 아이의 엄마는 아침저녁으로 얼마나 고개를 조아리고 다닐까, 참 딱하다는 생각에 한방이에게 신신당부를 했다.

---

* 무는 것으로 어른의 관심을 끌고 사랑을 받으려고 하거나 또 의사소통이 잘 안 되어서 무는 경우도 있다. 화가 나는 일이 있거나 요구사항이 있는데 그것을 표현하지 못하고 무는 것으로 표출하는 것이다. (이정은, 『우리 아이 나쁜 버릇 바로잡기』, 김영사, 2004, 68쪽)

그 아이가 어려워하는 게 있으면 옆에서 도와주고 챙겨 주면 좋겠다고 말이다. 한방이는 뭘 그렇게 당연한 걸 얘기하냐는 듯 쿨내 진동하며 "알았어!" 했다. BGM이 다시 흐른다. '위 올 라 이~' 드라마 〈이태원 클라쓰〉의 박새로이가 스치듯 지나간 그런 느낌이었다.

며칠 뒤 유치원으로 가는 길에 동네 엄마를 만났는데 자기 아들이 그 아이에게 몇 번째 물렸는지 모르겠다며 속상해했다. 어머나, 한방이는 한 번도 안 물렸는데 왜 그럴까? 나는 나름의 이유를 상상하며 담임선생님께 호기롭게 말했다.

"선생님, 제가 한방이한테 그 아이를 옆에서 잘 도와주라고 했어요. 다른 애들은 잘 물리는데 한방이는 한 번도 안 물린 걸 보니 그 아이를 잘 챙겨 주나 봐요오호호호호~!"

답정너 엄마가 그렸던 아들의 유치원 무용담은 산산조각이 났다.

"어머니, 한방이는 그 아이 옆에 가지도 않아요.
물리는 애들은 그 아이를 가까이서 도와주다가 물린 거예요.!"

데이비드 우즈낙(패트릭 휴어드)

캐나다 거주

주체할 수 없는 정력의 소유자

캐나다 가루지기 혹은 변강쇠로 인류의 저출산 문제를

막는 데 큰 공헌을 한 인간 정자은행

아들은 엄마가 생각했던 대인배적 풍모와는 거리가 멀었고, 누구보다 물리는 것에 대한 두려움이 큰 소인배적 기질을 타고났던 것이다. 한방이는 엄마가 상상하는 것보다 항상 그 이상으로 기대를 확 꺾는 재주가 있었다.

20대 시절, 남아도는 건 혈기왕성한 체력과 정력뿐이었던 사내. 데이비드는 자신이 가진 유일한 밑천이자 자랑이었던 정자를 기증하고 돈을 벌었다. 기증 당시 사용한 예명은 '스타벅'. 정자은행은 그의 개인 정보를 철저히 함구할 것을 약속했다. 그런데 아무렇게나 씨를 뿌린 지 십수 년이 지난 어느 날, '스타벅'은 전 세계에 씨를 뿌린 카페 이름과 동일한 운명을 맞이하게 된다. 그의 자위로 생명을 얻은 아이들이 무려 533명에 달한다는 소식과 함께 그들 가운데 142명이 난데없이 정자은행에 아빠의 신분을 밝히라며 집단 소송을 냈음을 알게 된다.

찬란했던 과거의 정자왕은 현재, 부모에게 빌붙어 사는 별 볼일 없는 중년 아재다. 아빠가 운영하는 대형 정육점에서 배달 일을 하지만 배달의 민족보다는 배달의 민폐 느낌, 고객 불만이 폭주한다. 그래도 썩어도 준치라고 했던가, 여전히 정력은 쓸 만해서 여친은 최근 임신을 한 상태고 머지않아 데이비드는 아빠가 될 꿈에 부풀어 있다.

그런데 연일 언론에서는 '스타벅이 누구인가?' 영혼까지 끌어모아 정자를 기증한 정력의 끝판왕 찾기에 혈안이 됐다. 자칫 자신의 신분이 노출된다면 집안의 망신 망신 개망신이 될 게 뻔했다. 다행히 데이비드의 변호사 절친은 신원을 끝까지 지켜 주겠다 약속을 한다. 그리고 변호사 친구가 건네 준 종이 한 뭉치. 거기엔 소송을 제기한 142명의 인적사항이 담겨 있다. 나에게서 나온 자식들의 얼굴이라도 보자며 후루룩 명단을 넘기던 데이비드는 깜놀한다. 네가 왜 거기서 나와? 자신이 덕질하고 있는 스페인 프리메라리가의 천재 스트라이커가 자식 명단에 있는 게 아닌가. 그 길로 변호사 친구와 아들의 경기를 보러 간 데이비드는 아들의 결승골이 터지자 미친 듯 환호한다.

데이비드　　나한테 프로 축구선수 유전자가 있었던 거야.

　　　　　　꼭 내 분신이 결승골을 넣은 것 같아.

　　　　　　네 자식 중에 프로 축구팀에서 뛰는 애 있어?

청출어람이 이럴 때 적절하겠다. 나에게서 나왔으나 나보다 더 나은 축구 천재 아들을 보고 데이비드는 나머지 141명도 궁금해진다. 같은 정자에서 나와 저마다의 얼굴로 서로 다른 삶을 살고 있는 아이들.

그중에는 이제 막 배우 오디션에 합격한 아이도 있고, 마약중독에 빠졌으나 이겨 내려고 애쓰는 아이, 무명가수로 지하철에서 버스킹하는 아이, 수영장 안전요원인 아이, 여행지 가이드를 하는 아이, 그리고 동성애자인 아이, 소아마비를 앓고 있는 아이 등등 모두 제각각이었다. 데이비드는 자신에게서 비롯된 142가지의 가능성에 대해 마치 자신의 삶이 확장된 듯한 경이로운 감정을 느끼게 된다.

한 부모에게서 나온 아이의 가능성이 이토록 무궁무진하다니! 그리고 동시에 그 가능성은 부모의 기대와는 전혀 다른 방향일 수도 있는 것이다. 어쨌거나 아버지 없이도 아이들은 잘 자랐다. 하지만 데이비드의 아버지는 희대의 정자왕인 아들에게 뼈 때리는 조언을 한다.

아버지　　난 찢어지게 가난한 집에서 자랐다.

고향을 떠나 캐나다로 올 때 아버진 내게 10불을 주셨지.

그래도 난 마다할 수가 없더구나.

대신 천 배로 갚기로 약속했지.

하지만 내가 여전히 무일푼일 때 아버진 돌아가셨다.

난 생각해 봤다.

아버지는 자식들에게 충분히 해 주지 못한 것과

자식들이 어려울 때 곁에 있어 주지 못한 것 중
어느 게 더 마음 아프셨을까.

난 매일 너희를 곁에 두고 있었던 걸
내 인생에서 가장 큰 행복으로 여긴다.
내가 이룬 가장 큰 성취야.

결국 데이비드는 142명의 아이들에게 자신이 애비임을 밝히기
로 마음먹는다. 그때, 주위를 얼쩡거리는 데이비드를 눈여겨본
142명 중 한 아이가 눈치를 챈다. 그가 바로 정자 제공자임을.

아이   무슨 일 하세요?

데이비드   정육점에서 일해.

아이   동물을 살해하는군요.

데이비드   난 그냥 배달원이야. 직접 죽이진 않아.

               고기를 실어 나르지.

아이   동물 사체 운반업자군요.

나는 음악가를 상상했는데….

이 대목에서 적잖은 충격을 받았다. 내가 한방이에게 어떤 아이가 되면 좋겠다, 어떤 사람으로 성장했으면 좋겠다고 바라듯 한방이도 원하는 부모상이 분명히 있을 것이다. 왜 나는 늘 아이의 가능성을 타진하는 입장에만 서 있었던 걸까.

2008년부터 국제구호기구에 후원을 시작했다. 내가 후원할 아이는 르완다에 사는 꼬마 남자아이였고 여덟 살이었다. 축구공과 스케치북, 크레파스를 새해 선물로 보냈던 기억이 난다. 선물보다 아프리카행 배송료가 엄청나게 많이 나왔다. 아이는 받은 크레파스로 그림도 그려서 보내 줬다. 그렇게 12년이 지나 국제구호기구에서 이제 성인이 된 그 아이에게 더는 후원하지 않아도 된다는 연락을 보내왔다. 대신 다른 어린 아이를 후원하게 될 거라고 말이다.

르완다에 사는 그 아이의 여덟 살 때 사진과 스무 살이 된 사진을 나란히 보았다. 그때나 지금이나 여전히 체구는 평균치에 못 미치게 작다. 하지만 그걸로 족하다는 생각이 들었다. 너무나 건강하게 잘 자라줘서 기특했다. 무엇을 하든 무엇이 되든 그런 것보다 그냥 건강하게 잘 자랐다는 게 정말 다행이고 기쁘다고 생각했다. 아이에게 마지막 편지를 썼다.

벌써 시간이 이렇게 흘렀구나.

성인이 되다니 너무나 축하한다.

건강하게 잘 자라서 무척 기쁘구나.

내가 너와 처음 만났을 때 나는 결혼하기 전이었는데

어느덧 그때 너와 나이가 비슷한 아이를 키우고 있단다.

씩씩하게 성장해 줘서 고맙다.

늘 네가 행복하길 기원할게. 힘내거라.

한방이 역시 그렇게 지켜보면 되는 것이다. 한방아, 네가 무엇이 되든 무엇을 하든. 그저 네 자신이 되면 좋겠다.

씬의 한 수

어느 누가 정자왕 이야기에 펑펑 울 거라 생각했겠는가. 코미디인 줄 알고 봤다가 훌쩍인 관람객이 나만은 아닌 것 같다. 그런데 533명의 생명을 만들어 낸 허무맹랑한 정자왕 이야기는 놀랍게도 실화에 바탕을 둔 것이다. 자신에게 500명의 자녀가 있다는 사실을 발견한 어느 정자 제공자의 뉴스를 접한 뒤, 켄 스콧 감독이 직접 각본을 썼단다. 개봉 당시 엄청난 흥행을 한 탓에 감독은 동일한 스토리로 할리우드 판을 제안받았다. 그리하여 2013년에 <딜리버리 맨>이라는 제목으로 같은 감독, 다른 배우의 리메이크 영화도 만들어졌다.

"별들은 그저 너한테 인사하려는 거야"

아이의 삶에 '님'만큼 소중한 '남'

가족영화 전문 감독인 고레에다 히로카즈는 이렇게 말했다. "가족이니까 서로 이해할 수 있다거나 가족이니까 무엇이든 말할 수 있는 게 아니라, '가족이니까 듣기기 싫다' 혹은 '가족이니까 모른다' 같은 경우가 실제 생활에서는 압도적으로 많다"고.*

우리 집도 그랬다. 다스베이더와 마이애미는 큰딸을 잘 몰랐다. 보고 싶은 대로 봤다. 그들의 눈에 큰딸은 조용하고 얌전한 모

* 고레에다 히로카즈, 『영화를 찍으며 생각한 것』(이지수 옮김) 바다출판사. 2017, 226쪽

범생이었다. 그러나 집에서나 그렇고, 실제 큰딸은 말이 많고 나서기를 좋아하는 관종 인격의 소유자였다.

중학생 때는 기타를 들고 가수 오디션 무대에 섰다. 기타를 치며 석미경의 〈물안개〉라는 노래를 불렀는데, 풋풋한 중학생이 내기엔 어려운 공기 반 소리 반인 노래였다고 예선 탈락의 변을 대신해본다. 아쉬워서 고등학교 들어가자마자 연극반 오디션을 보았다. 청소년 연극제를 앞두고 학교 대표로 출전할 선수를 뽑듯 급히 오디션이 치러졌다. 기회를 놓칠세라 싸리 빗자루를 기타 삼아 들고 춤추며 노래를 불러 제꼈다. 창피함은 심사를 담당한 이들의 몫. 나 홀로 소오름과 닭살이 돋는 대환장 파티를 벌였다. 저런 돌+아이를 봤나, 바로 합격!

연극 제목은 〈뉘라서 저 하늘을〉이었다. 가난한 노부부가 아들네 집에 찾아와 며느리에게 문전박대를 당하는 내용이었다. 아침드라마에서 흔히 볼 법한 막장 스토리인데 그걸 왜 여고생들이 해야만 했나? 연극부 담당선생님은 장차 어느 집안의 며느리들이 될지도 모를 여고생들에게 효심 선행교육이라도 시키려던 거였나? 알 수 없다. 어쨌거나 오디션에서 내 관상을 보자마자 연극쌤은 조금의 망설임도 없이 며느리 역을 맡겼다. 느낌 아니까, 나는 얼굴에 점도 찍지 않았는데 표독스러운 며느리로 돌변했다.

시아버지가 짊어지고 온 가방을 단숨에 내팽개치면서 싸가지 없는 대사를 읊어댔다. "우리 집 머슴 주제에…" 같은 대사였다. 연극이 끝나고 커튼콜을 할 때, 관객 중 몇몇 어른들이 나를 향해 쌍욕과 야유를 퍼부은 걸 보면 제법 메소드 연기를 했던 모양이다.

문제는 연극제 며칠 전에 벌어졌다. 무대에 입고 올라갈 며느리 의상이 없었다. 당시 마이애미와 다스베이더는 큰딸 연극이고 나발이고, 지금 당장 같이 사느냐 마느냐 하는 그들의 문제가 더 시급했다. 그러니 큰딸이 연극제에 입고 나갈 옷 따위야 아웃오브안중. 절박한 마음에 떠오른 사람이 초등학교 5학년 때 담임이었다. 멋쟁이였던 담임은 마침 같은 아파트 단지에 살고 있었다. 졸업한 지 5년 만에 불쑥 찾아가는 게 쉽지 않았지만 별다른 수가 없었다.

늦은 밤 초인종을 눌렀을 때, 열두 살 때 담임은 열일곱 살이 된 제자를 선뜻 집으로 들였다. 그리고 옷장에서 막장 며느리에게 어울릴 법한 빨간색 화려한 꽃무늬 롱스커트를 꺼냈다. 훌쩍 커버린 제자에게 롱스커트는 잘 맞았다. 가만히 보던 담임은 아무래도 스커트만 입으면 밋밋하니까 스커트의 아랫단을 잘라서 머리띠를 만들어 주겠노라 했다. 아마도 밤새 손바느질을 했던

톰(토마신 맥켄지)

미국 오리건주 포틀랜드 숲 거주

시대를 앞선 자연인 아버지 덕에 어려서부터 숲세권 생활

다만 불법거주라 도망은 필수

산림욕과 피톤치드 생활화로 맑고 깨끗한 심신 보유

모양이다. 이튿날 나는 스커트와 머리띠를 받았고 그 차림으로 무대에 올랐다.

열세 살 소녀, 톰은 아빠와 단둘이 산다. 아빠는 '나는 자연인이다'를 추구하는 자유로운 영혼. 그러나 실은 전쟁 트라우마를 겪는 환자다. 사람들 속에 섞여 살 수 없는 아빠 때문에 언젠가부터 톰도 야생동물처럼 국립공원 숲에서 살고 있다. 빗물을 모아 마시고, 버섯을 캐먹는 강제 유기농 생식으로 비건의 삶을 영위하던 어느 날, 공원 관리 당국에 딱 걸린다. 국립공원을 앞마당처럼 점거하고 사는 건 불법인 데다, 톰은 한 번도 학교에 다닌 기록조차 없으니 일단 복지과에서 부녀를 접수한다.

때마침 부녀의 스토리를 알게 된 어떤 독지가가 도움을 주겠다고 하는데, 농장주인 그는 통 크게 집도 한 채 주고 아빠에게 일자리도 제공한다. 집 더하기 취직이라니 로또나 다름없는 횡재지만 시큰둥한 부녀. 믿는 사람 소개로 연결, 연결, 일종의 뭐랄까, 믿음의 벨트보다 그린벨트가 더 안전하다 느끼는 모양이다. 톰은 난생처음 자전거를 배우고, 교회에도 나간다. 동네를 어슬렁대다 또래 남자애와 금세 친구가 되고 농사와 가축 기르기를 배우는 모임에도 구경 간다. 사회성을 기르려면 학교에 다녀야 한다는 복지과 담당자의 설교와는 달리 누구보다 사교에 능한

톰. 한창 친구랑 놀고 싶은 나이라 귀가가 늦었다.

톰   전화기가 있으면 전화를 했을 텐데….

아빠   그런 거 없어도 서로 잘만 소통했잖아.

딸   적응하려고 노력하면 좀 덜 힘들 거 같아요.

아빠   그 사람들이 준 옷에, 그 사람들이 준 집에,
        그 사람들이 준 음식을 먹고,
        그 사람들 일을 하잖아.
        이게 적응한 거야.

딸   우리 생각만은 우리 거라고 아빠가 그랬잖아요.

등 따시고 배부르다 보니 점차 자유로운 생각마저 무너질 것 같았는지, 아빠는 황급히 톰을 데리고 다시 숲으로 도망친다. 아빠를 따라나선 톰은 '나는 거기가 좋았는데 아빠는 노력해 봤냐'고 따진다. 13년 동안 아빠라는 세계 속에 살던 딸은 처음 타인들의 세계에 들어갔고 그게 그닥 나쁘지 않았던 거다. 하지만 아빠와 함께하려니 어쩔 수 없이 또다시 숲으로 들어간다. 그런

데 장을 보러 나간 아빠는 발을 헛디뎌 정신을 잃고, 마침 숲에서 작은 공동체를 이루고 사는 이들의 도움을 받게 된다.

그들은 캠핑 트레일러를 집 삼아 숲에서 작은 마을 공동체를 만들었다. 서로 도움을 주고받으며 한데 모여 기타를 치고 노래도 부른다. 또 주기적으로 먹을 것을 배낭 가득 채워, 숲 한가운데 걸어 둔다. 마치 감나무에 일부러 남겨 놓는 까치밥처럼 도움이 필요한 누군가를 위한 배려다. 그들을 보며 톰은 또 다른 삶의 형태를 본다. 그리고 세상과 타인은 나를 해치고 괴롭히려고 존재하는 게 아니라는 것도 배운다.

양봉 아줌마　　벌집 안을 구경해 본 적 있니? 내가 보여 줄까?

이걸 열면 벌들이 나올 거야.

하지만 널 해치러 나오는 건 아니야.

벌은 침을 쏘면 죽거든.

그래서 되도록 안 쏘고 싶어하지.

벌들은 그냥 나와서 너한테 앉고 인사하려는 거야.

박스에 가득 찬 이 생명체들과 신뢰관계를 가진다는 건

꽤 멋진 거야.

얘네들이 마음만 먹으면 날 죽일 수 있는데도 말이야.

그래서 난 얘들이 날 믿어 준다는 게 참 뿌듯해.

많이 노력했거든.

'남'이라는 글자는 '님'이라는 글자보다 늘 못한 것으로 간주되어 왔다. '남'은 늘 홀대받았다. '타인은 지옥이다!'라는 장 폴 사르트르의 유명한 말도 있잖은가.* 하지만, '우리가 남이가?' 피를 나눈 가족보다 때때로 피 한 방울 섞이지 않은 '남'이 나을 때가 있다. '가족이란 누가 보지 않으면 내다 버리고 싶은 존재'라고 기타노 다케시도 그랬듯이, 살면서 가장 뒤통수를 많이 때리는 이들 역시 가족일 것이다.

프로파일러 표창원은 어린 시절 고백에서 '남' 얘기를 한 바 있다. 가난한 가정환경, 끊임없이 싸우는 부모님 때문에 자신은 날마다 주먹을 휘두르며 싸움이나 하는 문제아였단다. 훗날 자신과 이름이 같은 범죄자, '신창원'에 대해 분석을 하다 보니 어린 시절이 너무나 흡사해서 놀랐다고 한다. 다만 신창원처럼 비

---

*   장 폴 사르트르가 1944년 발표한 희곡 〈닫힌 방〉에 나오는 대사는 "지옥은 타인이니까요"다. 그것이 '타인은 지옥이다'로 바뀌어 유명해진 것인데, 훗날 이 대사의 의미를 사르트르가 설명했다. 지나치게 타인의 판단에 의존하는 사람들은 그들과의 관계가 나빠지면 실제로 지옥에서 사는 것과 같이 되어 버린다고 말이다. 타인이 곧 지옥이라는 뜻이 아니다!

뚤어지지 않은 이유는 언제나 자신의 얘기를 들어 주고 믿어 줬던 옆집 아줌마가 계셨기 때문이라고 말이다. 그에게도 '남'이 있었다.

사실 부모가 제 아이를 온전히 100% 완벽하게 기르는 것은 어렵다. 연극제 무대 의상을 만들어 준 5학년 때 담임을 비롯해, 성장하는 마디마디마다 부모의 빈자리를 대신해 준 '남'이 있어서 다행이었다. 종종 한방이를 보며 그런 생각을 하곤 한다. 부족한 나와 남편 말고 한방이가 믿고 의지할 수 있는 '남'이 많기를 말이다. 그리고 나 역시 누군가에게 의미 있는 '남'이 되고 싶다.

씬의 한 수

특이하게도 바다에 사는 '해마' 이미지가 영화 곳곳에 등장한다. 톰이 길에서 줍는 목걸이에도 해마 모양의 펜던트가 달려 있고, 톰이 백과사전에서 읽는 부분도 '해마는 평생 일부일처제다. 아침에 일어나자마자 자기 짝을 찾아 서로의 돈독한 관계를 강화한다'는 해마 관련 정보다. 또 톰은 아빠와 오렌지 껍질을 벗겨 길쭉하게 들고서는 해마처럼 생겼다고 말한다. 대체 '해마'의 의미가 뭘까 찾아보니 해마는 수컷이 임신과 출산을 한단다. 톰과 아빠의 관계를 해마를 통해 비유적으로 전달한 것이다. 해마

암컷이 수컷과 교미를 할 때 수컷의 육아낭, 일종의 알주머니에 알을 산란하면 약 2주가 지나 그 안에서 아기 해마들이 부화해 나온다니, 오! 놀라워라. 그닥 쓸모없는 지식이지만 +1 늘었다!

"풍경 전체를 봐야지"

같은 세상 다른 차원에서 사는 사람

'차원'은 수학이나 물리학에만 있는 개념이 아니다. 사람 사이에도 '차원'이 있다. 넘사벽 개념을 탑재한 이들을 지칭할 때 '차원'이 붙는다. "쟤는 4차원이야!" 내 상식과 경험으로는 이해 불가한 행동양식을 가진 이들에게 쓰기도 하고, "저 사람은 나랑은 차원이 달라!" 내가 평생 갈고닦아도 다다를 수 없는 저 너머의 인간에게 쓰기도 한다.

오래전 흠모했던 남자가 있다. 그 남자에겐 여친이 있었다. 골

키퍼 있어도 골 넣어 볼 기회는 오기 마련이니까 나는 수시로 골대 주변을 어슬렁거렸다. 어느 날 그가 형편이 어려운 동네 사람에게 선풍기를 줬다고 했다. 그해 여름은 무진장 더웠다, 푹푹 쪘다. 그렇다고 그의 집에 에어컨이 있는 것도 아니었다. "그분이 선풍기가 필요한데 없다고 하길래 그냥 선풍기를 드렸어요."

그 순간 그 남자가 다른 차원의 사람임을 알았다. 나에겐 '돈데 기리기리 돈데크만~'* 이 없으므로, 내가 살고 있는 차원에서는 도저히 그가 사는 차원으로 건너뛸 수 없다는 확신이 들었다. 내가 노력한다고 넘어갈 수 있는 영역이 아니었다.

여름이 지난 후, 나는 내 차원에서 물어보았다. "여친이랑 선풍기 없이 어떻게 여름을 보냈어요?" 그는 가지런한 치아를 드러내고 (마치 이병헌처럼) 씩 웃으며 말했다. "내가 더우면 여친이 부채질을 해줬고, 여친이 더우면 내가 부채질을 해줬어요." 그까이꺼 선풍기 하나로도 사람의 차원은 나뉜다.

'끼리끼리', '유유상종', '초록은 동색', '그 나물에 그 밥', 비슷한 수준끼리 붙는 건 레알 과학이다. 고로 차원이 같은 사람끼

---

* 애니메이션 〈시간탐험대〉에 등장하는 타임머신으로 주전자 모양이다.

리 모이는 법이다. 다들 각자의 차원에서 살다 보니 '차원이 다른 사람' 만나기가 어렵다. 특히 아이를 키우는 학부모 집단에서는 더더구나 그렇다. 다들 내 새끼의 행복과 성공과 성장이라는 렌즈로 모든 것을 보기 때문이다. 그런데 얼마 전 차원이 다른 엄마들을 만났다. 그들은 선생님이 수업을 방해한 아이에게 벌을 주었다는 얘길 하고 있었다. 그게 왜? 당연한 거 아닌가?

그 아이 이름을 클래식하게 '철수'라고 해보자. 철수는 평소에도 좀 산만한 편이라 같은 반 아이들은 모두 철수의 성향을 인지하고 있다. 산만함은 철수가 가진 성향이지, 그것이 그 아이의 전부는 아니며, 또 산만한 게 나쁜 거라고 생각하진 않았다. 하지만 새로 온 선생님은 철수의 부산함이 신경 쓰인다. 그래서 철수에게 교실 밖에 서 있으라는 벌을 주었다. 철수가 벌 서는 모습을 보면서 수업 내내 아이들은 불편했다. 하지만 몇몇 아이들은 교실이 조용해졌고 수업시간에 더 집중이 잘됐다고 말했다. 이전까지 철수를 있는 그대로 받아들였던 아이들 중 일부는 그날 이후, 철수가 민폐 캐릭터이며 철수의 행동에 문제가 있다고 여기기 시작했다.

"내 새끼 수업에 방해가 되니, 철수를 어떻게 좀 해 주세요!"가 일반적인 학부모들의 리액션이 아닌가? 하지만 이 엄마들의 생

줄리 베이커(매들린 캐롤)

미국 메이필드 거주

7세 때 앞집으로 이사 온 브라이스의 외모에 입덕

일편단심 일방통행 직진 6년

눈치는 없으나 남다른 덕질 근성의 소유자

각은 달랐다.

교실은 그 자체로 하나의 사회이며, 저마다 개성과 가능성을 가진 아이들이 섞여 있는 곳이다. 그런 만큼 서로 다른 것을 조금씩 수용하면서 지내는 것이 옳다고 말이다. 하나의 잣대와 기준으로 누군가를 벌세우는 걸 아이들이 당연시 여길까 봐 무섭고, 누군가를 배제한 것이 자신에게 이득이 되었을 때, 그것을 옳은 것이라고 판단하게 될까 봐 걱정이라고 말이다.

엄마들의 고민을 듣는 동안 나는 새로운 차원의 문 앞에 서 있는 느낌이었다. 차원이 다른 사람들은 내 좁은 차원을 각성하게 한다. 당연하게 보았던 것을 다른 눈으로 보게 한다.

줄리는 금사빠다. 일곱 살 때, 꽃소년 브라이스를 보고 첫눈에 반해 6년간 덕질한다. 일곱 살 줄리가 심쿵한 사건은 브라이스가 줄리네 앞집으로 이사 온 날 벌어졌다. 줄리의 기억은 이렇다. 브라이스가 자신의 손을 잡고 입술에 키스를 하려다가 부끄러운 나머지 엄마 뒤로 달려가 숨어 버렸다고.

하지만, 그건 니 생각이고~ 브라이스의 기억은 정반대다. 이사 오자마자 웬 이상한 여자애가 막무가내로 들이댔다. 다짜고짜 어깨를 잡는 그 애 손을 떼어 내려다 보니 어쩌다 손이 닿았을 뿐이다.

똑같은 상황을 놓고 동상이몽! 브라이스 입장에서 줄리는 과대 망상에 빠져 혼자 쌩쑈하는 매력 1도 없는 동네 여자 사람일 뿐이다. 나 좋다고 6년째 쫓아다니는 근성은 높이 살 만하지만, 직접 키우는 닭의 알을 매일 조공하는 건 왠지 꺼림칙하다. 줄리네 마당은 너무나 지저분해서 그 달걀을 먹으면 살모넬라균에 감염될 것만 같다.

그런데, 객관적으로 보면 줄리는 굉장히 매력적인 아이다. 브라이스의 오만과 편견이 줄리를 제대로 보지 못하게 만들 뿐이다. 일단, 줄리는 자신의 감정에 매우 솔직하다. 여느 아이들과 달리 허영심도 없다. 사람의 마음을 가지고 밀당을 하지도 않는다. 게다가 측은지심도 많아 학교 축제에서 모든 여자애들이 외면하는 남자애에게 기꺼이 손을 내밀기도 한다. 장애가 있는 삼촌을 돌보는 아빠의 심정을 헤아리는 속 깊은 아이이고, 마당을 꾸밀 여력이 없는 부모를 대신해 손발을 걷어붙이는 씩씩한 아이다.

줄리 아빠	브라이스 로스키와는 어떤 사이니? 네가 늘 그애 얘기를 하니까.
줄리	모르겠어요, 그 애의 눈 때문인 것 같아요.

미소도 예쁘고요.

줄리 아빠   그 애는 어떤데? 풍경 전체를 봐야지.

줄리   무슨 뜻이에요?

줄리 아빠   그림은 그저 풍경의 부분들만 모아 놓은 게 아니야.
소는 그 자체로 소잖아.
초원은 그 자체로 잔디와 꽃이지.
나뭇가지 사이로 비치는 햇살은 그저 빛줄기일 뿐이고.
하지만 모든 게 한데 어우러지면 마법이 되거든.

줄리는 아빠의 말을 이해하지 못한다. 그러던 어느 날, 동네에서 가장 큰 플라타너스 나무에 올랐다가 보게 된다. 석양은 세상을 보라색으로, 때로는 분홍색으로 물들이며, 어떨 땐 주황색으로 불을 지핀다는 사실을 말이다. 띄엄띄엄 보았던 풍경의 조각들이 한데 어우러져 얼마나 아름다운 그림이 되는지 줄리는 알게 된다. 그리고 매일 자신에게 그런 풍경들을 볼 수 있게 해주는 나무를 아끼고 사랑하게 된다. 심지어 나무를 심은 주인보다 더.

줄리가 브라이스의 참모습을 보게 된 것은 나무를 베려고 인부들이 몰려온 날부터다. 나무를 베고 집을 짓겠다는 주인에 맞서, 줄리는 학교도 빠지고 나무 위에서 버틴다. 마침 지나가던 브라이스에게 함께하자고 눈물로 호소하지만 브라이스는 내뺀다. 그리고 얼마 뒤, 줄리가 매일 조공하는 닭의 알들을 브라이스가 쓰레기통에 내다 버리는 장면을 목격하고 만다. 그리고 결정적으로, 도서관에서 자신의 뒷담화를 하는 친구에게 동조하는 브라이스를 보게 된다. 이런 개…나리… 영화 〈써니〉의 임나미로 빙의해서 참신한 욕을 한 바가지 퍼부어도 성에 찰 것 같지가 않다. 6년간 품어 온 순정은 와장창 깨진다!

부분적인 눈과 미소는 예쁘지만, 전체는 형편없는 브라이스! 그런데 타이밍도 기가 막히지, 줄리의 마음이 돌아선 그즈음부터 브라이스의 눈에 줄리가 달리 보이기 시작한다. 이 영화의 제목, 'Flipped'의 뜻처럼 이제 브라이스가 '해까닥' 한다. 옆에서 지켜본 브라이스의 할아버지는 줄리가 남다른 아이인 것을 진작에 알아보았다.

할아버지   그 나무가 있던 곳이 여기구나.

정말 전망이 좋았겠어.

줄리는 대단한 애다.

밋밋한 사람도 있고 반짝이는 사람도 있고

빛나는 사람도 있지.

하지만 가끔씩은 오색찬란한 사람을 만나.

그럴 땐 어떤 것과도 비교 못 해.

브라이스는 줄리가 나무 위에서 홀로 싸울 때, 지역신문사가 줄리를 인터뷰한 기사를 꺼내 읽는다. 줄리는 나무 위에 있을 때 '땅 위로 높이 들려져서 바람에 어루만져지는 느낌'을 받았다고 했다. 그 순간, 브라이스는 가슴이 울렁이는 이상한 감정에 휩싸인다. 그동안 오색찬란한 줄리를 앞에 두고 자신은 눈뜬장님이었음을 알게 된다.

영화 〈원더스트럭〉에는 주인공이 오스카 와일드의 희곡에 나오는 대사를 적어 머리맡에 붙여 두는 장면이 있다. '우리는 모두 시궁창 속에서 살아가지만, 그중 몇몇은 별을 바라보고 있다.'는 문장이다. 하루 삼시세끼 밥을 먹고 똥을 싸며, 지구라는 동일한 공간 안에서 현재라는 시간을 관통하며 사는 우리들 중 누군가는 오색찬란하다. 그것은 어쩌면 '감수성'의 차이가 아닐까.

철학자 자끄 데리다는 『눈 먼 이의 회상』이라는 책에서 '보는 것이 눈의 본질이 아니라 눈물이 눈의 본질'이라고 말한 바 있다. 인류를 구원하는 것은 '눈물을 흘릴 줄 아는 눈', '참회의 울음을 우는 눈'이라고 말이다. 그러니까, 눈의 쓸모는 사물을 보는 게 아니라 눈물을 흘리는 것에 있다는 얘기다!

나는 차원이 다른 사람들의 내재된 힘이 어디서 비롯되는지 잘 모르겠다. 어렴풋이 남들과는 다른 감수성에서 올지도 모르겠다고 생각해 본다. 부분을 부분으로 보고 그냥 통치는 눈 말고, 부분을 통해 전체를 보고, 기꺼이 눈물을 흘릴 줄 아는 눈을 가진 이들이 내가 사는 차원에서 다른 차원으로 나를 끌어당긴다. 그들이 우리가 사는 세상을 더 낫게 만드는 것이다. 내가 평생을 통해 갈고닦아야 할 것, 그리고 한방이에게 끝끝내 가르쳐야 할 것은 '감수성'일지도 모르겠다.

씬의 한 수

이 영화는 웬델린 반 드라넨Wendelin Van Draanen 작가의 동명소설을 원작으로 했다. 국내엔 『두근두근 첫 사랑』이라는 제목으로 번역되었다. 소설에서 줄리와 브라이스가 챕터마다 번갈아 화자로 등장하는데, 영화도 같은 구성으로 전개된다. 다만 소설 속 배경은 2000년대인데 영화는 1957년으로 배경을 옮겼다. 로브 라이너 감독의 '갬성' 때문이었을까. 그가 만든 전작을 훑으면 감이 오리라. <스탠 바이 미>, <해리가 샐리를 만

났을 때>, <미저리>, <어 퓨 굿 맨>, <버킷리스트: 죽기 전에 꼭 하고 싶은 것들> 등등. 영화를 보다가 나 역시 줄리처럼, 남주 캘런 맥오리피에게 심장을 뺏겼다. 95년생이니까 어휴, 내가 일찍 애를 낳았으면 내 아들 뻘… 여하튼, <위대한 개츠비>에서 리어나르도 디카프리오의 어린 시절을 맡기도 했다. 그러고 보니 찡긋하는 바람둥이 눈매가 비슷한 느낌적 느낌이 든다.

육. 퇴. 하. 셨. 나. 요?

혼자 울었던 어느 밤이 생각나요. 한방이가 고개를 가누지 못했을 때니까 생후 100일 전이겠네요. '슬링' 아시죠? 포대기에 아기를 넣고 어깨에 두르는 아기띠 말이에요. 둘렀다 하면 아기는 금세 쌔근쌔근 잠들고, 엄마의 두 손은 자유로워지는 마법의 아이템! 아무렴, 육아는 장비 빨이지! 친구가 슬링을 알려준 날, 한방이가 잠든 새벽 2시가 지나서야 중고나라에 접속했어요. 곧바로 적당한 슬링을 찾아냈죠. 그런데 아시다시피 새벽 2시에서 3시 사이에 문자 보내는 건 못 배운 사람이나 하는 짓이잖아요? 하지만 예의고 나발이고, 한방이가 언제 깰지 알 수 없는 육아 최전선에 서 있다 보니 급 문자 날리게 되더이다.

'밤늦게 정말 죄송합니다. 슬링 구매하고 싶은데요. 문자 보시면 연락주세요.' 정말 그 타이밍을 잊을 수가 없습니다. 실시간으로 띠링! '구매 가능하세요. 입금하시면 오전에 택배 보낼게요.' 그 순간 전우애 이해됩니다. 군대에서 축구한 얘기도 다 납득이 됩니다.

장생   나 여기 있고 너 거기 있냐?
공길   나 여기 있고 너 거기 있지.

영화 〈왕의 남자〉의 주옥같은 대사는 지금 여기, 나라는 엄마와 문자 너머 거기 다른 엄마를 위한 대사였지요. 갑자기 눈물이 핑 돌더군요. 슬링으로 연결된 전혀 모르는 그 엄마를 마음속으로나마 응원한 새벽이었습니다.

당신은 왜 아직까지 잠 못 이루고 있나요?
아직도 육퇴 전인가요?

한방이 에피소드와 이물감 없이 잘 섞일 영화 찾기가 꽤 어려웠습니다. 나폴레옹마냥 일단 영화의 산을 올랐는데 영화가 끝나고 하산할 때쯤 이 산이 아닌가벼~가 많았어요. 게다가 오랜 방송작가 생활 탓인지 뛰어난 글에 대한 눈높이는 산 정상에 가 있는데 제가 쓰는 글들이 여전히 산 아래 깔린 그림자 수준이라 힘들더군요. 여러 번 이 산이 아닌가벼~를 맞닥뜨리다가 지금 내가 오를 수 있는 산의 높이를 받아들이기로 했습니다. 턱없이 부족한 글을 끝까지 읽어 주셔서 감사합니다. 다음에는 조금 더 높이 올라가 보겠습니다.

이 산이 아닌가벼~ 징징댈 때마다 '최고야!' 영혼 없는 말이라도 끊임없이 해 준 친구들 덕에 끝까지 썼어요. 제가 보아온 방송작가 중에 가장 글을 잘 쓰는 조영지와 가장 일을 많이 하는 이분희, 두 친구에게 감사함을 전합니다. 샘플 원고 세 개만 읽고 '재미와 감동을 다 잡은 작가'라고 추켜세우며 바로 계약서 보내 준 송송책방 김송은 대표님께 제 영혼을 다 끌어 모아 책 팔이에 매진하겠다는 다짐을 보냅니다. 그리고 듣보잡 작가의 첫 책에 추천사 잘 써 드리고 싶다며 다정한 공감을 보내 주신 정문정, 김세윤 작가님 진심으로 고맙습니다. 마지막으로 완벽히 이해할 순 없지만 완전히 사랑할 수 있음을 가르쳐준 한방이와 한방이라는 생명을 함께 만든 인생 베프에게 세상 가장 따뜻한 하트 뿅뿅을 날립니다. (무슨 아카데미 각본상 수상 소감인 줄~)

이 책을 즐겁게 읽으셨다면 '씨네맘의 부귀영화(북with영화)' 프로젝트에도 관심을 가져 주세요. 엄마들과 함께 책과 영화를 보고 이야기하는 시간을 만들고자 합니다. 제 인스타 아시죠?

오늘 하루도 수고했어요! 육퇴한 밤, 우리 따로 만나요!

김세윤

(작가, MBC라디오 FM영화음악 김세윤입니다 DJ)

어떤 엄마는 밥을 짓고, 어떤 엄마는 옷을 짓고, 어떤 엄마는 농사를 지을 때, 한방이 엄마는 매일 밤 글을 지었다. 울면서 보채는 아이에게 품을 내어 주다가, 자면서 뒤척이는 아이에게 등을 보여 주었다. 일하는 엄마의 등, 영화 보는 엄마의 등, 글 쓰는 엄마의 등을 보고 자란 아이의 미래는 다를 것이다. 뭐가 어떻게 다를 거냐고 디테일하게 따져 물으면 잠시 말문이 막히겠지만, 뭐가 달라도 다를 테니 두고 보라고 금세 목청을 높이면서 나는, 이 책을 머리 위로 높이 치켜 올릴 것이다.

"한방이에게 내가 할 수 있는 최선의 태교는 지지 않는 사람의 이야기를 들려 주는 것"이라고 믿은 엄마가 차근차근 곱씹는 영화들에 이끌려서, "아무 때나 아무에게나 말 잘 거는 '넉살 DNA'"를 아이에게 물려 준 게 자랑스럽다는 엄마가 영화 속 인물과 나눈 상상의 대화들이 솔깃해서, 그렇게 '육아(兒)에 한

숨 짓기' 보다 '육아(我)에 미소 짓기'로 마음 먹은 엄마의 유쾌한 셀프 디스에 멱살 잡혀서, 책장을 넘기는 손이 쉼 없이 바빴다. 내 얘기를 남 얘기처럼, 남 얘기는 내 얘기처럼 술술 풀어 내는 한방이 엄마 덕분에, '줄넘기 840개'를 할 줄 알면서 '받아쓰기 30점'을 받아 오는 한방이를 어느새 내 아이라 생각하며 읽고 있었다. 난 아이를 낳은 적도 없는데^^;;

어떤 엄마는 밥을 짓고, 어떤 엄마는 옷을 짓고, 어떤 엄마는 농사를 지을 때, 한방이 엄마는 매일 밤 글을 지었다. 이제 이 책을 읽을 독자는 내내 미소를 지을 일만 남았다. 아, 가끔 눈물도 짓게 될 테니 각오할 것.

P.S. '한 아이를 키우는 데 온 마을이 필요하다'고들 하는데 한방이를 키우는데 필요한 마을은 '영화 마을'이었구나. 아, 영화 마을이 뭐냐면… 암튼 그런 게 있었단다 한방아. 그리 오래지 않은 옛날에…

정문정

(〈무례한 사람에게 웃으며 대처하는 법〉〈더 좋은 곳으로 가자〉 작가)

서른일곱, 언제 결혼할 거냐는 재촉을 받다가 자신처럼 억울한 사람들을 위해 독립잡지 〈노처녀에게 건네는 농〉을 만든 작가는 이제 엄마가 되어 자기처럼 당황스러워하는 사람들에게 말을 거는 책을 썼다. '고난이 많았기에 즐거운 이야기를 쓴다.' 책 속에서 언급된 영화 〈작은 아씨들〉의 프롤로그 문구가 천준아 작가의 기본 정서 같다. 즐거운 일이 많아 해맑은 사람이 아니라 담대하게 씩씩하기를 선택한 사람. 세상에서 기대하는 모습과 나 사이의 괴리, 어울리지 않는 곳에 와 있는 것 같아 숨고 싶은 머쓱함의 기분을 잘 아는 작가는 그런 자신의 이야기를 의도적으로 라디오 사연 톤으로 풀어낸다. 위로하되 슬픔 속에 잠겨 있지 않겠다는 듯이.

육아와 관련된 에세이를 이렇게 내내 웃으며 본 적이 있던가? 아이를 낳는다는 것은 엄마가 되기를 선택한 일이지만, 동시에 엄마 이전의 삶을 포기하는 일이기도 하다. 엄마의 눈이 생김으로써 세상을 보는 문이 하나 더 만들어진 것이기도 하지만 이 새로운 문이 다른 입구를 압도해 도리어 드나드는 문의 총합은 줄어드는 일이기도 하다.

영화 전문 방송 작가로 20년간 일한 작가는 육아를 하면서 다시 보이는 장면과 대사 속에서 참고할 만한 자세를 찾아내 이같은 엄마의 레퍼런스도 있다고 제안한다. 여전히 나를 의심하고 또 의심하겠지만 흔들려 가면서도 포기하지만 않는다면 새로운 차원의 문을 만들어 보일 수 있다고. 꼭 엄마가 아니어도 '나를 키우고 싶은' 사람들이 읽으면 좋겠다.

터미네이터 (The Terminator)
제작| 1984년
등급| 청소년관람불가
장르| SF·액션
러닝타임| 108분
감독| 제임스 카메론
배우| 린다 해밀턴(사라 코너)
아놀드 슈워제네거(터미네이터)
마이클 빈(카일 리스)

유 콜 잇 러브 (L'Etuduante)
제작| 1989년
등급| 청소년관람불가
장르| 멜로·로맨스
러닝타임| 103분
감독| 클로드 피노토
배우| 소피 마르소(에스페라 발렌틴)
뱅상 랭동(에두와르 젠슨)

인 디 에어 (Up In The Air)
제작| 2009년
등급| 15세 관람가
장르| 코미디, 드라마, 멜로/로맨스
러닝타임| 108분

감독| 제이슨 라이트먼
배우| 조지 클루니(라이언 빙햄)
베라 파미가(알렉스 고란)

제리 맥과이어 (Jerry Maguire)
제작| 1996년
등급| 15세 관람가
장르| 드라마, 멜로/로맨스
러닝타임| 138분
감독| 카메론 크로우
배우| 톰 크루즈 (제리 맥과이어)
쿠바 구딩 주니어 (로드 트드웰)

터미네이터 2: 심판의 날
(Terminator 2: Judgment Day)
제작| 1991년
등급| 15세 관람가
장르| SF, 액션, 스릴러
러닝타임| 137분
감독| 제임스 카메론
배우| 아놀드 슈워제네거(터미네이터)
린다 해밀턴(사라 코너)
에드워드 펄롱(존 코너)

크레이머 대 크레이머(Kramer Vs. Kramer)
제작| 1980년
등급| 12세 관람가
장르| 드라마
러닝타임| 105분
감독| 로버트 벤튼
배우| 더스틴 호프만(테드 크레이머)
메릴 스트립(조안나 크레이머)

툴리(Tully)
제작| 2018년
등급| 15세 관람가
장르| 드라마
러닝타임| 95분
감독| 제이슨 라이트만
배우| 샤를리즈 테론(마를로)
맥켄지 데이비스(툴리)

주노(Juno)
제작| 2007년
등급| 12세 관람가
장르| 코미디, 드라마
러닝타임| 95분
감독| 제이슨 라이트만
배우| 엘런 페이지(주노 맥거프)
마이클 세라(폴린 블리커)

허공에의 질주(Running On Empty)
제작| 1988년
등급| 15세 관람가
장르| 멜로·드라마
러닝타임| 120분
감독| 시드니 루맷
배우| 리버 피닉스(대니 포프)
크리스틴 라티(애니 포프)
쥬드 러쉬(아서 포프)

루이(Louie)
방영| 2011년 시즌2 ep.1
방송사| FX
장르| TV 시트콤드라마
러닝타임| 22분
감독| 루이 C.K.
배우| 루이 C.K.(루이)
우슬라 파커(제인)

작은 아씨들 (Little Women)
제작| 2019년
등급| 전체 관람가
장르| 드라마, 멜로/로맨스
러닝타임| 135분
감독| 그레타 거윅
배우| 시얼샤 로넌(조 마치)
로라 던(엄마)

캡틴 판타스틱(Captain Fantastic)
제작| 2016년
등급| 15세 관람가
장르| 드라마, 멜로/로맨스
러닝타임| 119분
감독| 맷 로스
배우| 비고 모텐슨 (벤)
조지 맥케이(보)

블라인드 사이드(The Blind Side)
제작| 2009년
등급| 12세 관람가
장르| 드라마
러닝타임| 128분
감독| 존 리 행콕
배우| 산드라 블록(리 앤 투오이)
퀸튼 아론(마이클 오어)

행복을 찾아서(The Pursuit of Happyness)
제작| 2006년
등급| 전체 관람가
장르| 드라마
러닝타임| 117분
감독| 가브리엘 무치노
배우| 윌스미스(크리스 가드너)
제이슨 스미스(크리스토퍼)

태풍이 지나가고(After the Storm)
제작| 2016년
등급| 12세 관람가
장르| 드라마
러닝타임| 117분
감독| 고레에다 히로카즈
배우| 아베 히로시(료타)
키키 키린(요시코)

흐르는 강물처럼(A River Runs Through It)
제작| 1992년
등급| 12세 관람가
장르| 드라마
러닝타임| 123분
감독| 로버트 레드포드
배우| 브래드 피트(폴 맥크레인)
크레이그 셰퍼(노먼 맥클레인)

하나 그리고 둘(A One And A Two)
제작| 2000년
등급| 12세 관람가
장르| 드라마
러닝타임| 173분
감독| 에드워드 양
배우| 오넘진(아빠 NJ)
조나단 창(양양)

메리와 맥스(Mary And Max)
제작| 2009년
등급| 12세 관람가
장르| 애니메이션, 코미디, 드라마
러닝타임| 92분
감독| 애덤 엘리어트
배우| 토니 콜렛(메리 목소리)
필립 세이모어 호프만(맥스 목소리)

스텝맘(Stepmom)
제작| 1998년
등급| 12세 관람가
장르| 드라마
러닝타임| 124분
감독| 크리스 콜럼버스
배우| 줄리아 로버츠(이자벨)
수잔 서렌든(재키)

몰리스 게임(Molly's Game)
제작| 2017년
등급| 15세 관람가
장르| 드라마
러닝타임| 140분
감독| 아론 소킨
배우| 제시카 차스테인(몰리 블룸)
케빈 코스트너(래리 블룸)

괜찮아요, 미스터 브래드(Brad's Status)
제작| 2017년
등급| 12세 관람가
장르| 드라마
러닝타임| 102분
감독| 마이크 화이트
배우| 벤 스틸러(브래드 슬론)
오스틴 에이브람스(트로이 슬론)

와일드(Wild)
제작| 2014년
등급| 청소년 관람불가
장르| 드라마
러닝타임| 119분
감독| 장 마크 발레
배우| 리즈 위더스푼(셰릴 스트레이드)
로라 던(바비)

Mr.스타벅(Starbuck)
제작| 2011년
등급| 15세 관람가
장르| 코미디
러닝타임| 103분
감독| 켄 스콧
배우| 패트릭 휴어드(데이비드 우즈낙)
앙트완 베트랑(변호사)

흔적 없는 삶 (Leave No Trace)
제작ㅣ 2018년
등급ㅣ 12세 관람가
장르ㅣ 드라마
러닝타임ㅣ 109분
감독ㅣ 데브라 그래닉
배우ㅣ 벤 포스터(윌)
토마신 맥켄지(톰)

플립 (Flipped)
제작ㅣ 2010년
등급ㅣ 12세 관람가
장르ㅣ 멜로/로맨스, 드라마
러닝타임ㅣ 90분
감독ㅣ 로브 라이너
배우ㅣ 매들린 캐롤(줄리 베이커)
캘런 맥오리피(브라이스 로스키)